Romance

Margarida La Rocque
A ilha dos demônios

© 2022 Editora Instante
© 2022 Titular dos direitos autorais de Dinah Silveira de Queiroz

Direção Editorial: **Silvio Testa**

Coordenação Editorial: **Fabiana Medina**
Revisão: **Carla Fortino** e **Laila Guilherme**
Capa: **Fabiana Yoshikawa**
Ilustrações: **Joice Trujillo**
Diagramação: **Estúdio Dito e Feito**

1ª Edição: 2022
Dados Internacionais de Catalogação na Publicação (CIP)
(Angélica Ilacqua CRB-8/7057)

Queiroz, Dinah Silveira de
  Margarida La Rocque : A ilha dos demônios / Dinah Silveira de Queiroz. — 1ª ed. — São Paulo : Editora Instante, 2022.

  ISBN 978-65-87342-25-2

  1. Ficção brasileira I. Título

	CDD B869.3
22-1010	CDU 82-3(81)

Índices para catálogo sistemático:
1. Ficção brasileira

Texto fixado conforme o Acordo Ortográfico da
Língua Portuguesa de 1990, em vigor no Brasil a partir de 2009.

www.editorainstante.com.br
facebook.com/editorainstante
instagram.com/editorainstante

Margarida La Rocque: A ilha dos demônios é uma publicação da Editora Instante.

Este livro foi composto com as fontes Arnhem e Monroe e impresso sobre papel Pólen Soft 80g/m² em Edições Loyola.

instante

Romance

Margarida La Rocque
A ilha dos demônios

Dinah Silveira de Queiroz

Outros caminhos possíveis

Dinah Silveira de Queiroz era uma autora que eu desconhecia até quase o fim do curso de Letras. Seu nome chegou a mim pela primeira vez como sinônimo daquela que teve um papel fundamental para que a Academia Brasileira de Letras passasse a aceitar mulheres dentre seus membros — acontecimento que se concretizou apenas em 1977, com o ingresso de Rachel de Queiroz. Depois de duas tentativas sem sucesso, Dinah, em 1981, tornou-se a segunda mulher na Academia, ocupante da cadeira número 7 — a mesma para a qual Conceição Evaristo foi candidata em 2018. Passado algum tempo desse primeiro contato, iniciei meu percurso de leitura da obra de Dinah justamente por *Margarida La Rocque: a ilha dos demônios*, que agora ganha esta merecida reedição.

Lançado em 1949, o livro já foi publicado em países como Canadá, Coreia do Sul, Espanha, França, Itália, Japão e Portugal. Em prefácio escrito para a edição portuguesa, Dinah apontou ser *Margarida La Rocque* sua obra favorita entre aquelas que havia escrito. Essa mesma declaração havia sido feita dez anos antes em uma entrevista concedida a Clarice Lispector, publicada na revista *Manchete*. Quando Clarice perguntou sobre seu livro de predileção, Dinah respondeu: "Você bem sabe que é *Margarida La Rocque*" — uma afirmação que nos permite especular não ser a primeira vez que as escritoras falavam sobre o assunto.

O posicionamento da autora acerca do romance não se restringiu a essa declarada preferência. No decorrer da carreira, Dinah teve por hábito falar a respeito do processo de criação de suas obras, e isso não foi diferente em relação a *Margarida*. Dentre seus vários depoimentos sobre o livro, destaco em especial dois artigos de 1949. O primeiro deles foi publicado no *Jornal do Commercio* de Manaus, abordando basicamente as ideias e motivações que a levaram a escrever o romance. O segundo artigo é um texto dirigido a João Condé e reproduzido no suplemento *Letras e Artes*. Nesse, Dinah revela que cogitou fazer uso de um pseudônimo para publicar *Margarida:* "Era um breve nome masculino, sob o qual eu me escudaria de minha própria violência". O emprego de um pseudônimo, prática da qual muitas escritoras já se valeram como forma de viabilizar suas publicações, acabou sendo descartado por ela.

Nesses e em outros testemunhos, Dinah costumeiramente chamou a atenção para a origem da história de *Margarida La Rocque*. Na obra, a protagonista — homônima ao livro — narra sua trajetória, desde o nascimento precedido de uma trágica profecia até o período em que foi abandonada em uma ilha habitada somente por animais e seres estranhos. O romance se passa no século XVI e, conforme é indicado na abertura do texto, "foi inspirado numa breve passagem da *Cosmografia* do padre André Thevet" (p. 13).[*] Nascido na França, André Thevet (1502-1592) foi um frade franciscano que percorreu diversas localidades em todo o mundo e esteve inclusive no Brasil. Em *La cosmographie universelle d'André Thevet*, publicada em 1575, constam relatos sobre a África, a Ásia, a Europa e sobre as "novas terras" encontradas pelos europeus.

Em *Margarida La Rocque*, pode ser identificada uma menção a Thevet no religioso de extensas viagens que escuta a história narrada pela protagonista no convento onde os

---
[*] As páginas citadas correspondem à presente edição.

dois se encontram. A ligação entre a obra de Dinah e a de Thevet, entretanto, não se limita a essa referência. Comparando *Margarida* com a passagem da cosmografia que lhe serviu de inspiração, podem ser observadas numerosas semelhanças entre o romance e a crônica do padre francês. No trecho utilizado por Dinah, o cosmógrafo registra o encontro com uma mulher de nome Marguerite, na ocasião em que esta lhe narrou suas vivências, incluindo seu período de abandono em uma ilha desabitada.

Anteriormente a Thevet, a suposta história da mulher punida com o exílio em uma ilha deserta já tinha sido apresentada na obra *L'Heptamerón* (1559) — texto conhecido por Dinah, conforme ela afirma no referido artigo para o *Jornal do Commercio* de Manaus. Esse livro, constituído por pequenas narrativas, foi escrito pela rainha francesa Marguerite de Navarre (1492-1549), inspirada em *O Decamerão*, de Giovanni Boccaccio. Apesar das variadas diferenças que separam as narrativas de Thevet e de Navarre — como o fato de, no texto da rainha, a mulher não ser identificada por um nome próprio —, há uma série de afinidades que permite associá-los. Uma delas, por exemplo, é a alusão, em ambos os textos, à ligação entre a mulher que faz o relato e Jean-François de La Rocque, Sieur de Roberval (1500-1560), nobre francês designado para liderar uma viagem, em 1542, para exploração e colonização do que é atualmente território canadense. Em *Margarida La Rocque*, esse personagem histórico surge na figura de João Francisco de La Rocque, Senhor de Roberval, um primo da protagonista.

Apesar de Dinah conhecer a obra de Navarre, em *Margarida La Rocque* o que predomina são as relações com a de Thevet; é indicativo disso, primeiramente, o fato de a escritora mencionar apenas o padre francês na abertura do romance. Em segundo lugar, o vínculo com esse autor pode ser ligado às intenções declaradas pela autora brasileira: Dinah revelou em seus depoimentos que carregava havia algum tempo o desejo de criar uma história com uma temática em que pudesse libertar completamente sua imaginação, de modo a incorporar na narrativa o elemento do maravilhoso. Na cosmografia, ela encontrou a base que procurava, transformando os espíritos que a Marguerite de Thevet afirmou habitarem a ilha — detalhe ausente do conto de Navarre — nos estranhos seres Dama Verde, Cabeleira e a lebre Filho com os quais se encontra a sua Margarida. Adicionalmente, a ambientação em uma Europa em meio às expedições marítimas do século XVI também contribuiu para a atmosfera que a autora buscava criar. Os relatos feitos pelos viajantes da época, reais ou imaginários, alimentaram a visão de Margarida sobre os continentes até então por ela desconhecidos. E essa visão da protagonista redunda em definir sua relação com a ilha dos demônios.

Também em seus comentários sobre o livro, Dinah afirmou preocupar-se com a ausência do maravilhoso na literatura brasileira. Grande parte da crítica da época elogiou a originalidade de *Margarida La Rocque*, demonstrando que o estranhamento causado por seus acontecimentos insólitos fora bem recebido. Esse posicionamento também pode ser lido como um indício de que os críticos concordavam, em alguma medida, com a falta do maravilhoso apontada pela escritora. O poeta Carlos Drummond de Andrade, a quem Dinah confiou os originais de *Margarida* antes de o livro ser publicado, declarou em carta enviada à autora: "Seu romance é uma novidade na literatura brasileira. Uma novidade audaciosa".

O elemento do maravilhoso ao qual Dinah se refere é o que estudiosos como o búlgaro Tzvetan Todorov, em seu fundamental *Introdução à literatura fantástica*, categorizam de modo geral como "fantástico". Essa designação, que é dividida em diversas subcategorias e contempla variadas manifestações — os contos de fadas, as histórias de terror, os romances góticos —, inclui a ficção científica, outra vertente pela qual é bastante reconhecida a obra da escritora. O fantástico de *Margarida La Rocque*, assim, constitui uma das primeiras incursões da autora por um dos gêneros que mais tarde marcariam sua trajetória literária. Somado a isso, é também interessante observar que, nas décadas de 1930 e 1940, vinham surgindo nas literaturas da América Latina algumas das expressões iniciais do que mais tarde resultaria no chamado "realismo mágico" ou "realismo maravilhoso". Logo, é possível conjecturar que Dinah, leitora ávida e atenta aos acontecimentos do campo das letras de dentro e de fora do Brasil, estava ciente do início do movimento que mais tarde produziria obras como Cem anos de solidão, do colombiano Gabriel García Márquez. Na escrita de *Margarida La Rocque* pode, então, ser vislumbrada a influência ou a tentativa de engajamento em uma corrente que buscava alternativas a uma literatura filiada prevalentemente a uma escrita de cunho realista.

A combinação desses diversos elementos — a ambientação no século XVI, as referências históricas, o fantástico, a ilha deserta — capturou minha atenção desde a primeira leitura: *Margarida La Rocque* é um romance bastante estranho, no melhor sentido que a palavra "estranho" pode conter. Mas, para além disso, me impressionou sobretudo a forma como é elaborada a personagem que dá título ao livro. Com o passar das páginas, é revelada uma protagonista que carrega em si traços de uma mulher apresentada como sujeito de sua narrativa — aquela que é capaz de tecer os próprios rumos e desafiar o poder de uma ideologia patriarcal.

Os romances de Dinah, de maneira geral, são protagonizados por figuras femininas marcantes. Exemplos disso podem ser vistos em Elza, de *Floradas na serra*, e em Cristina e nas demais mulheres de *A muralha*. Em *Margarida*, o destaque também reside na personagem principal: a protagonista possui uma série de atributos que vão na contramão de certos estereótipos femininos repetidamente utilizados no fazer literário, principalmente quando levamos em consideração o ano de seu lançamento. Em 1949, ano da publicação de *Margarida La Rocque*, ainda estava longe de ser superada a construção convencional da personagem feminina que encontrava um final feliz no casamento e na maternidade, ou um final trágico de loucura e morte — podemos inclusive nos questionar se esses desfechos já foram superados nos dias correntes. Estava longe de ser superada, também, a redução de personagens femininas a duas categorias possíveis: a santa ou a pecadora. Desse modo, é significativo o fato de a heroína do romance ser caracterizada como um ser humano complexo, contraditório e falível, rompendo com a expectativa de receber um desses dois rótulos e, ao mesmo tempo, não sendo fadada a nenhum desses destinos.

Essa ruptura empreendida pelo livro de Dinah pode ser observada, sobretudo, na quebra da protagonista com a sua limitação ao ambiente doméstico, na não resignação a um casamento infeliz, no desejo de buscar o desconhecido e o aventuresco — interesses canonicamente ligados a personagens masculinos. Na contramão de heroínas românticas frágeis e reservadas ao ambiente privado e familiar, Margarida revela bravura e insubmissão. Ainda que esses aspectos se restrinjam às particularidades da personagem — branca, cisgênero e heterossexual, privilegiada social e economicamente —, em *Margarida* pode ser identificada a criação de uma protagonista que, por meio de suas características e ações, posiciona-se como transgressora. Esse posicionamento é notado, inclusive, em algumas declarações feitas por ela, como quando, em determinada circunstância, a personagem questiona: "Seria, desde o começo do mundo, mais duro o castigo do pecado para a mulher que para o homem?" (p. 53).

A transgressão, em *Margarida La Rocque*, também é reafirmada por meio de quem conta: uma mulher. A pesquisadora norte-americana Joanne Frye, em seu estudo *Living Stories, Telling Lives*, afirma que, quando uma personagem feminina narra sua história, acontece uma subversão, uma vez que a mulher não é narrada, mas narra com sua voz. A estudiosa também afirma que o fato de um romance ser enunciado por um "eu" mulher constitui uma ameaça aos privilégios masculinos que tentaram silenciar a voz feminina na literatura — e fora dela. Assim, a escolha por uma narradora que conta sua história pode ser relacionada à construção de uma personagem feminina transformadora. Enquanto no texto de Thevet é ele quem narra a história que escutou de Marguerite, Dinah, ao reescrever o relato, opta por um texto narrado a partir do ponto de vista da mulher, daquela que vivenciou a história, da própria Margarida. A autora se baseia em uma passagem de um tipo de obra pertencente a uma tradição majoritariamente masculina — a crônica de viagem dos séculos de exploração das "novas terras" — para criar o seu romance. Fazendo isso, apropria-se do formato para subvertê-lo, transmutando-o em outro e dando o poder narrativo a uma personagem mulher, o que, por si só, já manifesta um caráter de contestação. Como resultado, é abalada a concepção da personagem feminina enquanto ente destituído de voz, não porque ela não tinha sua posse, mas porque às mulheres a palavra não era consentida.

A amplitude da personagem feminina também é manifestada em *Margarida La Rocque* por meio da aia Juliana. Mesmo não sendo a protagonista, Juliana tem uma atuação fundamental na história, sobretudo quando a trama se desloca para a ilha. Nesse espaço, ela assume papel decisivo para a sobrevivência do grupo. Suas mais diversas habilidades são determinantes em variadas passagens da narrativa — a compreensão da aia de como fazer uso de ervas é um exemplo disso. Dessa maneira, Juliana também subverte a lógica de uma sociedade que, além de classificar arbitrariamente certos conhecimentos e atividades como "tipicamente" masculinos ou femininos, atribui àqueles designados às mulheres menor valor e importância. Juliana, assim, pode ser compreendida como mais um elemento que demonstra a força do feminino e o rompimento com aquelas concepções em que a mulher é reduzida a uma posição de ignorância, passividade e fraqueza. Em contrapartida, por meio da relação com Juliana são ilustradas algumas das limitações da protagonista no que diz respeito à plena subversão dos estereótipos femininos. Isso porque os principais conflitos que acabam surgindo entre elas têm como motivação a disputa por um personagem masculino, o que reafirma um padrão repetidamente utilizado como causa de rivalidade feminina. Além disso, o tratamento dispensado por Margarida à aia é sempre de subalternidade, mesmo quando se encontram no espaço de exílio.

A presença de Margarida em um convento é outro elemento que pode ser lido como uma barreira à sua construção enquanto mulher transgressora. A ambiguidade desse desfecho pode carregar em si o significado de uma punição moralizante — procedimento comumente adotado na arquitetura do destino das personagens femininas indóceis, do qual temos um exemplo emblemático em *Madame Bovary*, de Gustave Flaubert. No entanto, prefiro um entendimento em que esse desenlace ambíguo é o único final possível de liberdade para uma mulher que não se enquadra nos padrões tradicionais de comportamento dela esperados. Ao mesmo tempo que faço a opção por essa leitura, também reconheço que o romance possibilita outras interpretações — afirmação que deixo aqui como provocação a todos que estão iniciando a leitura.

Para Dinah, assim como para a sua protagonista Margarida, histórias extraordinárias chegaram pela primeira vez ainda durante a infância; para a autora eram lidos romances de ficção científica e, para a personagem, romances de cavalaria: "A ama lia para mim longos romances de destemidos cavaleiros de eras passadas" (p. 17). Na vida de uma e de outra, o conhecimento de tais histórias teve repercussões que também se aproximam: Dinah tornou-se uma escritora do gênero fantástico, e Margarida, de ouvinte passiva das histórias aventurescas — e protagonizadas por homens —, passou a narradora e heroína de sua própria.

O percurso estabelecido pela protagonista de *Margarida La Rocque* indica, assim, a busca de uma ruptura com os modelos que imperavam em meados do século XX, mostrando que são ilimitadas as possibilidades das histórias que podem (e devem) ser contadas e vividas por personagens femininas.

Ana Cristina Steffen é mestra em Letras pela Pontifícia Universidade Católica do Rio Grande do Sul, com a dissertação *Quando a mulher tem voz: a narradora-personagem de* Margarida La Rocque. Atualmente, segue o estudo da obra de Dinah Silveira de Queiroz em sua pesquisa de doutorado na mesma instituição.

Este romance foi inspirado numa breve passagem da *Cosmografia* do padre André Thevet.
 É uma história de seu tempo. Traz a realidade maravilhosa de uma época em que a Europa vivia abalada pelos sonhos dos descobrimentos, quando as paredes das tavernas e hospedarias eram cobertas de desenhos representando índios, monstros, serpentes e demônios que os marinheiros teriam conhecido nas jovens terras pagãs. Cada viajante trazia seu extraordinário episódio.
 Margarida La Rocque conta ao padre sua pungente história.
 Estão os dois sob as arcadas de um convento.
 Vai a meio o século XVI...

Primeira parte

A profecia

I

Padre, não vos faço uma confissão. Se a religião manda que nos desafoguemos de nossos pecados, será talvez mais para que recuperemos a paz necessária à alma, que mesmo para que sábios conselhos, seguidos de grandes penitências, nos impeçam de cair de novo em tentação. Se me confio a vós, padre, é porque sei que, entre tantos ministros de Deus, que desta terra não saíram e julgam o mundo pelo que veem, vós andastes por esse enorme sítio onde Cristo se exilou e bem conheceis, tanto quanto ao nosso país, as maravilhosas terras que ficam além dos mares, com florestas soberbas, animais estranhos e criaturas que, semelhantes aos homens, vivem como feras.

Confio em que não me havereis por mentirosa e sedenta de ofuscar os outros com minhas narrativas. Neste século de maravilhas e de viagens estupendas, talvez ninguém tenha história mais espantosa do que a minha. Mais espantosa! Deveria acrescentar: e mais triste, também. Quero lavar meu espírito das recordações aterradoras, quero purificar minha consciência. Ofereço-vos toda a minha lembrança. Ah! Pudesse eu, entregando-a a vós, libertar-me de tudo que enche a minha memória! Tanta peçonha, tantos malefícios!

Começarei, padre, bem do começo, para que certas coisas possam ser entendidas.

Nasci sob um mau fado. Bem sei que arrisco, com esta declaração, ser chamada de supersticiosa! Mas, a bem da verdade, julgo dever contar que, estando grávida, já quase a ponto de dar à luz, minha mãe teve um choque terrível.

É que minha tia, uma criatura que tinha sonhos maravilhosos e, dormindo, falava em línguas desconhecidas, como se seu corpo fosse habitado por espíritos de plagas distantes, minha tia, certa noite, teve uma visão terrível. Seus olhos esbugalharam-se, tornaram-se quase brancos, e seus cabelos se puseram em pé:

— Minha irmã — disse ela depois de despertar de um longo sono que se seguiu à visão. — Minha pobre irmã! Levas em teu ventre alguém que irá em vida ao inferno! Oh, que coisas abomináveis eu vi!

Foi tal o susto que teve minha mãe que lhe apressou o parto; e, na madrugada seguinte, eu nascia. Um entezinho fraco, tão pequenino, que não parecia ter forças para viver.

Deram-me o nome de Margarida. Meus pais me colocaram sob a proteção da santa do mesmo nome. Nos momentos mais penosos da minha vida a ela recorri e sempre encontrei a força necessária para enfrentar toda espécie de desgraça.

Mas, tendo nascido sob tão tremenda profecia, e dela sabedora logo em criança, nem por isso deixei de ser uma rapariga alegre, faceira como poucas, ao chegar aos quinze anos. Bom padre, vós que conheceis os votos de pobreza e desprendimento das coisas do mundo, talvez não alcanceis quanto a vaidade em mim era uma coisa natural, e não uma tentação vinda do demônio, para arrastar minha alma e me tornar instrumento, também, de seus malefícios.

Gostava de cuidar de mim, como os gatos gostam de conservar o pelo liso e brilhante e andam sempre limpos e lustrosos — tão bonitos — sem que isso ofenda a Deus, pois que são assim, parece, por própria vontade divina. Era com prazer que eu tratava da minha pele. Na aldeia não havia nenhuma tão branca nem mais acetinada. Meus cabelos, negros, tão longos que me chegavam quase aos pés, luziam esfregados com azeites. Gostava de trançá-los com flores. Minhas mãos eram tratadas com toda espécie de unguentos e pomadas. Só saía à tardinha, para que o sol não me queimasse, tornando-me tão feia e manchada quanto as outras raparigas. Meus pais, tão bons, facilitavam o gosto que eu tinha por conservar a beleza que Deus me dera. Nos trabalhos de casa e em outras canseiras, eu era poupada. Tinha, ao contrário das outras jovens do lugar, uma aia para meus serviços. Secretamente receosos de que se cumprisse a tremenda visão que anunciara meu nascimento, meus pais desejavam dar tudo que tivessem a seu alcance por minha felicidade e nisso não poupavam sacrifícios.

A ama lia para mim longos romances de destemidos cavaleiros de eras passadas. Minha mãe fiava... Oh, tempos queridos da minha felicidade!

Quando ia à igreja, acompanhada por Juliana, a aia, sentia em mim o olhar ardente dos moços da vila e podia perceber, como fogo estranho, arder em torno a inveja das raparigas. Mas eu rezava, calma e segura, no meio de todos e, como se falasse a uma terna amiga, conversava com a santa de meu nome: "Protegei-me, senhora Margarida! Não permitais que me alcancem os ódios que provoco sem querer!".

Não encontrava nenhum atrativo nos jovens que conhecia. Achava-os todos broncos e pesados. Tomavam muita sopa, bebiam muito vinho e não sabiam dizer palavras bonitas às damas. Muitos deles, ricos, donos de grandes e fartos celeiros, economizavam na roupa e andavam com botas rasgadas. Isso me desgostava.

Já, por quatro vezes, os mais ricos moços de minha terra haviam procurado meu pai, com o fito de persuadi-lo a dar a filha em casamento. Mas, sabedor de quanto me repugnavam eles, meu bom pai acatava meus desejos de ficar solteira até encontrar o homem que me agradasse. Isso parecia impróprio às mulheres da aldeia, e muitas me censuravam por querer imitar os homens, casando por meu bel-prazer.

Embora triste com o que murmuravam de mim as mulheres, a mãe, tanto quanto o pai, não me forçava a aceitar marido. Mas, quando lhe diziam: "Bom caminho abris para vossa filha: morrereis um dia, e, pobre, ela ficará sem saber nem ao menos preparar uma sopa, ou fiar a lã!...", quando lhe diziam essas coisas, ela chorava e sofria.

Já estava eu com dezenove anos; e apareceu pela terra um senhor de quem diziam ser muito rico e viajado. Meu pai por acaso o conheceu e o levou à nossa casa. Cristiano, tal era o seu nome, contava coisas estranhas, e o pai o levara lá para que ele me divertisse com suas histórias.

Não tanto quanto vós, padre, mas assim mesmo o bastante para que isso fosse razão de deslumbramento para quem, como eu, só conhecia as estradas e os horizontes da nossa aldeia, Cristiano sabia de países extraordinários. Ao ouvir-lhe narrar suas aventuras, a mãe, de instante a instante, fazia menção de me tirar da sala. Pareciam-lhe escandalosos certos fatos... Mas, com sinais de aprovação, vendo-me tão divertida, o pai dizia que ela me deixasse ouvir...

Ah, como me agradavam aquelas histórias! Punha-me a conjeturar se aqueles homens que viviam em tanta liberdade, os habitantes das florestas, eram homens mesmo. Acaso o seriam? Sem religião e com os instintos à solta? Também me fascinavam essas viagens em que nobres e plebeus se misturavam e de onde qualquer pobre aldeão podia voltar rico e célebre. Tínhamos na família um parente, Roberval, que começava a ganhar fama, e, ainda que não o conhecesse de perto, sentia orgulho por suas aventuras.

Segundo dizia Cristiano, existia um país extraordinário, com árvores enormes, cheio de riquezas... Lá iria em breve, com autorização do rei. Tornar-se-ia riquíssimo...

Cristiano não era belo. Tinha trinta anos, usava barba em ponta, e suas vestimentas eram mais largas do que se poderia desejar. Estragara os dentes depressa e falava de maneira autoritária, arrogante mesmo, mas, sem dar por isso, apaixonei-me por suas narrativas, que lhe davam tanto prestígio.

O viajante se demorou em nossa aldeia mais do que se deveria esperar. Ali estava com o fim de adquirir mantimentos para seu próximo embarque. Duas semanas depois de chegado, com certa brusquidão, falou com meu pai: era homem de haveres e esperava tornar-se riquíssimo. Dessem-lhe a filha em casamento, e ele a faria honrada, rica e feliz.

Muito admirado ficou o pai, quando, ao transmitir o pedido de casamento de Cristiano, eu disse, simplesmente, que aceitava, se fosse de seu gosto, dele, meu pai querido.

Juliana, a aia, chorou quando lhe dei parte de minhas intenções:

— Então — disse — a menina criada como uma planta tenra, com tais cuidados, vai ser levada por esse brutamontes de fala grossa? Espera, encanto meu, que em breve, se Deus estiver de acordo, e com a proteção de Santa Margarida, melhor marido há de surgir... Espera, eu te rogo!

Mas, se eu estava deslumbrada com Cristiano, ou melhor, com o que contava Cristiano, por que haveria de esperar?

Nunca em nossa aldeia houve casamento igual. Cristiano mandou buscar em Paris um vestido de bodas que mais parecia um traje de rainha. Deu-me um diadema, um colar de pedras que ele trouxera de sua última viagem. Trancei com vistosas contas os meus cabelos negros e julguei perceber — oh, perdoai-me, padre! — um olhar admirativo até no próprio capelão que me uniu a Cristiano.

Fomos para Paris dias depois. Deixei meus pais em pranto. Eu chorava também, mas eles me consolavam, dizendo que em breve iriam visitar-me. Juliana foi comigo. Durante todo o tempo da festa do meu casamento, notei que ela permanecia séria, impenetrável.

II

Poupo-vos a descrição de Paris, que conheceis palmo a palmo, mas não posso silenciar meu assombro. Perguntava, sem cessar, a meu marido:

— Então aqui não há pobres? Só há ricos?

De fato, todos, a mim, pobre aldeã, se me afiguravam riquíssimos. Passavam os homens com seus belos chapéus ornados de plumas, presos por joias vistosas. Andavam as damas arrastando vestidos pesados, de seda, e até suas servas pareciam mulheres importantes, comparadas às senhoras lá da aldeia.

Cristiano instalou-me num sobrado. Tinha, além de Juliana, dois criados. Fiquei maravilhada com a mobília de minha casa, com a cama de madeira pesada e escura, coberta de cortinas azuis, brilhantes. Ai, bom padre! Chamai-me a atenção, eu vos rogo, quando me perder em minúcias insignificantes. Sou mulher, e vós, tão compreensivo, tomai como natural esse excesso. Entretanto, não deixeis que eu alongue, desnecessariamente, esta narrativa.

É curioso que, recém-casada como eu era, os fatos menos importantes para mim fossem os relacionados com a minha intimidade de esposa.

Ora, da janela de minha casa, deslumbrava-me o passar de um grupo de saltimbancos. Ora, eram aves coloridas e estranhas que eu via pela primeira vez e eram vendidas na rua, ou então — e esta foi a surpresa maior — um homenzinho de rosto bem preto, todo enfeitado de joias, seguindo uma dama, seu pajem, decerto. Disse a Juliana: "Vai e corre atrás daquele homenzinho escuro; pega-lhe a mão, como se fosse esbarrando, sem querer... Vê se tem tinta pelo corpo!...". Mas Juliana não se quis meter em apuros e, pela primeira vez, me desobedeceu.

Cristiano era um amante ardente, mas reservava poucos momentos para as suas expansões. Trazia amigos turbulentos à nossa casa. Ceava com eles em separado, obrigando-me a ficar no quarto. Proibia-me de sair à rua, mesmo acompanhada de Juliana. Podeis crer, padre. Fiquei assustada quando, certa vez, tendo desobedecido, ele descobriu e fez estrondar a sua voz raivosa. Muito tempo depois, verifiquei que ele havia passado uma substância branca na sola de minhas sandálias mais bonitas, aquelas reservadas para os passeios em sua companhia. Eu gastara a frágil camada de tintura!

Quando meu marido me viu triste, ficou mais brando e explicou:

— Senhora, assim deve proceder o marido que anda por terras distantes. Em vossa candura não sabeis quanto sofrem os varões, que, por força de seu ofício, deixam suas esposas em casa, para revê-las às vezes ao cabo de longos anos de separação!

Tendo Cristiano mencionado "separação por longos anos", fiquei aterrada:

— Senhor — disse-lhe —, acaso tendes em mente passar anos longe de mim? Não ficou combinado que, sempre que fosse possível, eu vos acompanharia?

— Sim — disse Cristiano. — Farei de modo diverso que os outros companheiros do mar, levando, algumas vezes, minha esposa. Mas desta vez não será possível...

III

Um dia, com estrondos de canhões, gritos e música, em Saint-Malo, no meio do povo, ao lado de Juliana — obtivera permissão de viajar até o mar para despedir-me de meu marido no cais —, vi partir Cristiano com o coração apertado, cheio de maus preságios.

Não conseguia imaginar, com clareza, a terra para onde ele deveria ir. Tudo, na minha cabeça, era confusão. Via florestas enormes com mulheres-serpentes que se enrolavam em meu marido, lascivas. Via feiticeiros capazes de fazer prodígios, pintados de todas as cores... E, em pensamento, assistia a lutas sangrentas, desenroladas sob a luz verde das matas.

Estava instalada com o luxo que poderia desejar. Tinha junto de mim Juliana e bastante dinheiro guardado para não viver com sobressaltos. Não pensava na tremenda profecia de minha tia — mas me sentia apreensiva e, consultando meu coração, julgava-me um tanto roubada. Que me faltava?

Cristiano começou a tardar. Tive a visita de meus pais. Quis retê-los; mas eles não se habituaram à vida de Paris. Quando voltaram para a aldeia, senti-me doente, deprimida. Juliana chamou um médico. Este veio, receitou-me uns pós. O verão estava insuportável. Toda a gente vinha à rua, à noite, e não se podia dormir com o ruído das conversas e os gritos e gargalhadas nas tabernas.

Um dia, Juliana chegou muito excitada: travara conhecimento com um pajem, que era amigo de um dos homens de Roberval. Meu primo estava em Paris!

Decidi procurar meu parente. Talvez, habituado ao convívio com a gente do mar, ele soubesse notícias de Cristiano.

*

Encontrei Roberval à volta com cartas de mares e velhos barbudos, que discutiam sobre ventos, épocas propícias para navegar para este ou aquele país e sobre as necessidades de determinadas pessoas nas equipagens, como também a propósito da duração de certos mantimentos. Fiquei a um canto da sala da hospedaria, onde ele se achava, até que terminasse aquele assunto que mantinha os homens tão excitados. Quando vi que não seria importuna, dei-me a conhecer.

Roberval deu uma gostosa risada:

— Então sois a menina que provocou tanto barulho ao chegar ao mundo? Pelo visto, por tanta beleza e calma no semblante, ainda não provastes a sopa do diabo!

Os homens sorriram com estas palavras de meu parente. Mas eu fiquei séria. Estava aborrecida por encontrar um Senhor de Roberval com maneiras tão brutais. Perto dele Cristiano pareceria uma moça.

Falei-lhe sobre meu casamento, com simplicidade, e sobre Cristiano. Teria alguma notícia de meu marido?

Roberval não sabia de Cristiano. Conhecia o capitão do navio onde embarcara meu esposo. Chamava-se Cartier e só podia, sobre o assunto, informar que pretendia tomar o mesmo rumo. Sim, iria além da Terra Nova, à Nova França,* de que se começava a falar.

*

Cheguei em casa com uma tentação: embarcar ao encontro de meu marido. Estava entediada em Paris. Começava a

---
* A Nova França corresponde aos territórios controlados pelos franceses na América do Norte entre 1534 e 1763. Giovanni Verrazzano e Jacques Cartier foram os responsáveis pelas primeiras expedições, o reconhecimento e a consolidação do território. [N. E.]

poupar dinheiro e despedira os criados. Sentia-me um tanto intimidada na presença de um aparentado tão importante quanto Roberval, o Senhor de Roberval, a quem fora dado esse título enquanto eu era uma modesta criatura. Mas, à nobreza de meu primo, juntava-se um elemento, que, agora, o tornava mais acessível para mim, embora eu o houvesse visto com certa antipatia. Esse elemento era a maneira desabusada de Roberval. Dispunha-me a procurá-lo, novamente, quando veio a notícia terrível.

Voltara o navio em que partira Cristiano, mas ele não viera! Alguns homens da expedição contaram coisas atrozes. Uma peste estranha quase dizimara toda a equipagem do navio. Entretanto, Cristiano fora visto com saúde por seus companheiros, muito antes de voltarem eles descoroçoados pela doença. Falavam de mulheres que viviam num paganismo sem freios e que, antes de casar, serviam a todos os homens.

Cristiano talvez se deixasse ficar ao lado de uma dessas mulheres de raça estranha.

*

Roberval não se deixou abater pelas informações que recebeu. Entendidos, que ele consultou, classificaram a peste como produzida pela má alimentação e, portanto, fácil de se evitar, desde que certos cuidados com a preservação dos alimentos fossem tomados. Estranhos são os homens do mar! Alguns daqueles que voltaram fracos e abatidos se dispuseram a acompanhar Roberval. Quando o dia do embarque, no Porto de Saint-Malo, foi conhecido, jurei persuadir meu parente a me levar em sua companhia.

*

A princípio, João Francisco de La Rocque, Senhor de Roberval, tratou-me como se trata uma criança imprudente. Descreveu-me como era difícil, para uma dama, a vida a bordo de um desses navios e, com seu vício de fazer graçolas, julgou de bom alvitre contar:

— Certa vez admiti uma velha feia, tão seca como um peixe seco, por julgar que aquilo fosse menos que uma mulher e não causasse transtornos. Eis que, tempos depois, esquecidas as feições das belezas que deixaram em terra, os homens de meu navio se põem a porfiar por sua preferência. E tantos conflitos se deram que não tive remédio senão deixar a velha numa ilha... Prosseguimos a viagem depois, com bons ventos, mas que grande calmaria dentro do barco!

— Oh — disse-lhe eu, horrorizada. — Então matastes a pobre velha?

— Sabeis, Margarida La Rocque, que há um costume entre nós, gente do mar. É o julgamento, ou a punição, mas "dada por Deus". Deixamos criaturas em sítios ermos, é verdade. Mas elas conservam armas e algum alimento. Se não tiverem de morrer, se as ajudar a graça de Deus, então é simples, elas se salvam!

Não me contive e disse como eu considerava desumano aquele proceder. Roberval riu e acrescentou:

— Podeis crer que vosso marido não foi deixado senão por vontade própria...

Aquilo exasperou-me. Usei de todos os estratagemas, inclusive o de insinuar que, sendo prima de tão temido Senhor, como o Senhor de Roberval, nenhum tripulante ousaria galantear-me. Do contrário, no que consistiria, então, o seu prestígio junto dos homens do mar?

Ao cabo de algum tempo, venci meu parente pelo cansaço. Deu um murro sobre a mesa, ao lado da qual estava sentado, e exclamou:

— Pois, se quereis perigos, lutas, está bem! Podeis embarcar. Levai a ama, para que vos guarde! E que a mim me guarde Deus, se, como nossa parenta previu, o vosso destino é visitar o diabo!

IV

Longe estavam as terras da Bretanha, e, com minha inseparável Juliana, rememorava episódios ou a consultava sobre coisas que a velha aia não podia saber: "Que fariam meu pai e minha mãe quando soubessem da minha viagem?". E Juliana sempre arrematava a conversa com frases assim:

— Criar-se uma rapariga com um cuidado tão grande para depois vê-la de viagem com uns brutos fanfarrões, uns loucos que nem sabem para onde vão!

Então eu procurava convencê-la. Viajavam conosco homens que haviam estado na Nova França. Uma grande cruz fora deixada lá, feita de pedra, com a flor-de-lis. Era imensa aquela terra. Mas existia aquele ponto. Certamente Cristiano estaria sempre por ali, à espera de que seus companheiros voltassem.

E Juliana acrescentava: com uma mulher escura e filhos de faces riscadas!

*

Se vos abro meu coração, meu padre, devo dizer que, realmente, não amava meu esposo. Procurava-o, sim, ia ao fim do mundo à sua procura, mas agia bem mais como que movida misteriosamente que por amor de meu marido. Era como se alguém mandasse e eu obedecesse. Direis: no fundo, paixão da aventura... E eu vos digo: sinceramente, acreditais que uma jovem tão delicada, com suas faces pálidas em que o sol não tocava, se dispusesse a tão perigosa viagem por gosto de aventura? Acaso não teria recuado em seu desejo de matar a curiosidade, diante dos mil perigos que se lhe ofereciam?

Ah, desde as primeiras noites sobre o mar, ouvindo o bater das ondas, o ranger do navio que se abalançava, lentamente, ora de um lado, ora de outro, eu me dizia: "Sou levada! Sou levada!". E as palavras faziam em meu espírito uma confusa música.

Na aldeia, quando era menina, certa vez vira uma terrível imagem. Um navio chegava ao termo do mundo, onde, numa cascata horrenda, o mar se precipitava no abismo. Viam-se homens caindo no despenhadeiro sem fim. Outros, como formigas, lutando por escapar à torrente, e o navio pendendo, derramando a carga humana.

Talvez fosse esse o nosso fim. Quem sabe se não era a esse horror que minha tia assistira em sua visão? Certamente eu fora atraída... Nem eu mesma poderia explicar como me achava ali, senão por outra força, que não a minha. E, enquanto procurava acalmar minha querida aia, dizia para mim mesma: "Sou levada!".

*

Procurei ser discreta e aconselhei Juliana a fazer o mesmo. Saíamos para passear quando os homens se reuniam na grande sala, comendo.

Vinham até nós o tinir dos pratos, o vozerio, as risadas, enquanto contemplávamos as estrelas. Longe, de vez em quando, sombras enormes passavam. E, certa vez, uma gaivota ferida caiu a meus pés. Passávamos perto de terra. Mas ainda estávamos distantes de nosso destino. O bater das velas, às vezes, me exasperava com seu rangido, como se fosse o rumor de portas abertas e fechadas pelo vento, num jogo interminável.

Uma noite, ao voltar da minha contemplação, vi um curioso tipo sentado num rolo de cordas. Tinha um barrete enterrado até as orelhas, como usam os pescadores. Era magríssimo, de boca chupada. Tirou do bolso uma maçã, sorriu, mostrou-a a Juliana. Abriu a boca desdentada quase de todo e procurou falar. Mas nenhum som lhe saía da garganta. Empalideceu, de se notar sob a fraca luz que nos alumiava; depois tornou a ficar vermelho.

— Que... reis? — perguntou, por fim.

O homenzinho era gago! Eu ri, sem querer. Juliana, porém, aceitou polidamente. E, ao voltarmos para nossos leitos, disse:

— Margarida, não ofendas a esse homem. Vi-o acompanhar ao capitão do navio. É pessoa de sua confiança.

Eu continuei a rir:

— Então conquistaste, hein? Mais depressa do que eu, já conquistaste alguém!

Nessa noite, quando ia adormecendo, ouvi uma bela voz cantando uma canção, da qual a todo momento vinha o estribilho: "Escravo de vossos olhos, senhora, vou a cantar; para mim não há escolhos, depressa hei-de voltar...".

Palavras que pouco diziam. Mas a voz era tão bela! Já me não enervava o ruído das velas que dançavam, agora, como ao compasso daquela voz de homem, voz que entrava em meu quarto e me embebia de sonho, trazida com a frescura vinda do cimo das ondas.

Mas já mudou a canção. Agora é mais ligeira, com certa brejeirice:

> A ti ofertei um fruto,
> Como fez o pai Adão...
> Não penses que sou um bruto!
> Aceita meu coração!
> Confesso este amor cantando!
> Porque não posso — falando!
> Animo-me com um bom trago!
> E canto — porque sou gago!

Um coro de risos se ouviu.

— Juliana! — chamei. — Acorda! A canção... essa linda voz é daquele homem feioso e gago! Ouve, Juliana!

V

Dias incontáveis desfilaram. Cansei-me de fazer e desfazer minhas tranças, de untar meu pescoço, de mirar-me ao espelho, de ouvir Juliana ler. Havia certas passagens de romances de cavalaria que eu já sabia de cor. Às vezes o tempo mudava, e o navio corria veloz, tão veloz que parecia ter criado asas. Mas de repente despertávamos imóveis, e as velas murchas se assemelhavam a tristes bandeiras que pendessem desanimadas. Já o homem que nos vinha servir, um ruivaço cheio de sardas, gordo como um tonel de vinho, se permitia contar algo. Gostava de falar sobre assaltos e piratas, mas era muito religioso e dizia conhecer orações que tornavam o homem imune ao perigo. Pedi-lhe que me ensinasse as rezas milagrosas, mas ele foi sempre protelando a lição, como se o seu segredo lhe conferisse uma grande superioridade.

Ao cabo de algum tempo, conversava abundantemente com ele, contando, sem querer, minha vida, naquele ócio que se prolongava. Um belo dia, Jacques — esse era o nome do tripulante que nos servia — veio trazendo novidades. Havia um homem a bordo que conhecera Cristiano! Fizera parte da mesma expedição. Meu marido, com mais três companheiros, tomara uma pequena embarcação com o fim de explorar certo rio. Pensava ele em descobrir ouro... Mas o informante garantia que o ouro não existia na Nova França, um país muito parecido, segundo ele, com o nosso e onde apenas há invernos mais duros e florestas mais frondosas.

Jacques dizia que tudo isso era mentira; que por lá deveriam existir grandes riquezas. Do contrário, por que voltariam os homens àquela terra?

A indicação sobre Cristiano era muito vaga. Consolava-me a ideia da cruz de pedra lá deixada, um marco seguro para os franceses.

*

Roberval, cansado da própria brutalidade e tendo, parece, esgotado todos os seus assuntos com seus conselheiros, deixou de atormentar o capitão para que ele fizesse isso ou aquilo com os tripulantes. No decorrer da minha viagem, aprendi que era como uma força, algo que deveria estar em movimento, para não gastar ou enferrujar. Ficava doente só de ver a tripulação descansando. Imaginava de quanta realização esse homem era capaz, mas como a bordo se tornava intolerável! Entretanto, como já disse, esgotados todos os seus recursos de agitação, resolveu modificar suas próprias ordens e nos trouxe, a mim e a Juliana, para seu convívio, em determinadas horas.

— Que sabeis fazer, Margarida La Rocque? Acaso conheceis música e podeis jogar?

Aquele que me havia contado o tremendo caso da velha abandonada na ilha solitária, com seu caráter perigoso, já agora mudava inteiramente e exigia a minha presença em seus compartimentos.

Disse-lhe que sabia cantar, e ele chamou um rapaz para que me acompanhasse. Colocou uma lanterna diante de mim, que me ofuscava e fazia ter dele uma visão confusa, como de seus companheiros. Cantei doces cantigas da aldeia, cantigas de mulheres que fiam ou embalam os filhos em berços de madeira.

Quando terminei, Roberval chamou-me para jogar. Estava aborrecido por qualquer motivo com os homens que o cercavam. Aquilo não significava apreço por mim nem prazer por minha companhia. A noite corria insípida. Sem saber como, eu ganhava partida após partida. Lá por certa hora, Roberval deu fim ao jogo e mandou-me embora, irritado. Ordenou ao jovem que me acompanhara com sua música que nos seguisse até nossos aposentos. Mas, momentos depois, gritou:

— Não! Vou eu mesmo!

Deu-me o braço e me conduziu com certa solenidade. Parece que com essa atitude ele pretendia lembrar a seus homens o respeito que deveriam ter por mim.

Tomando a lanterna, ia o jovem músico. A luz fazia brilhar a sua delicada barba loura e ressaltava a brancura do seu peito, que aparecia pela camisa aberta negligentemente. Onde vira aquele homem tão fino de corpo, que lembrava uma bela espada? Ai, meu padre: tive um susto. Num velho missal de minha mãe havia uma iluminura com uma cabeça de Cristo! Deus, como aquele homem se parecia...

VI

A manhã seguinte foi inteiramente absorvida por longos relatos sobre o Senhor de Roberval, a quem o rei dera o título de vice-rei das novas terras. Era um homem sem fraquezas e impunha terrível disciplina à tripulação. Católico fervoroso, e, entretanto, aquele chefe não conhecia o significado da palavra "perdão"! E Jacques se alongava narrando com luxo de pormenores as punições de bordo:

— Ninguém sabe se Roberval é de Deus ou do Demônio. Parece ser de Deus, porque é sempre justo, mas também parece ser do Diabo, porque tem o coração mais duro que uma pedra!

*

Agora, mesmo durante o dia, saíamos a passear. Víamos de longe a faina da tripulação, os homens galgando os mastros como formigas. Assistíamos ao capitão dar ordens, sempre seguido de Roberval. Já não causávamos tanta curiosidade, e meu parente talvez considerasse passado o perigo de um conflito por qualquer uma de nós.

Na presença de meu primo cheguei a conversar com alguns homens: o capitão, o escrivão e o rapaz que me acompanhara com o seu alaúde.

Era protegido de Roberval e o seguia sempre, tanto quanto o homenzinho gago, em todas as suas viagens.

Roberval parecia divertir-se com ele.

Bem sabeis, padre, que a graça de maneiras é um dom que Deus deu ao nosso sexo. Raro é o homem que a tem, pois, já no caminho de ser gracioso, está correndo o perigo de parecer ridículo.

João Maria, era esse o seu nome: João Maria d'Alincourt possuía a rara graça que não enfada. Era espirituoso e gentil. Tanto sabia imitar uma velha marquesa reumática como discutir ideias elevadas.

Um dia, Roberval caçoou com ele:

— Então, João Maria, ainda considerais os habitantes das florestas como homens e dignos de serem tratados como tais?

— Não leveis a mal, senhor. Bem sei que esta experiência não seria do vosso gosto de homem de fé e virtudes. Mas podeis saber que tenho razão, dormindo com uma daquelas mulheres. Vereis que, tanto quanto as nossas beldades, elas concebem de nós...

Roberval deu uma estrondosa gargalhada. Mas João Maria simulou uma cômica preocupação:

— Perdoai, senhora, se firo os vossos pundonores de donzela!

Fiquei um tanto chocada, mas Roberval falou por mim, ainda com o ventre sacudido pelo riso:

— Estais enganado, João Maria. Margarida La Rocque não é donzela. Mas é senhora também de respeito, porque é casada... Perdoa-vos por esta vez, porque foi em minha presença e... — Aí Roberval se tornou sério: — Margarida, descei! Já se faz tarde, e a conversa é só para homens!

*

Antes que conte muita coisa desnecessária, será bom que me explique, se é que vós, padre, não percebestes ainda. Simpatizara com João Maria, e tanto que tirava grande prazer com sua convivência.

Esfriara o tempo; tomávamos rumo norte. A contemplação do mar, por mais variado que fosse seu aspecto, com suas cores de gradação infinita, as sombras das nuvens sobre a superfície das águas, já não satisfazia meu espírito.

MARGARIDA LA ROCQUE | 33

Havia um ambiente de cansaço e irritação. Brigavam os homens por qualquer motivo, e, em torno, os companheiros os atiçavam, procurando tornar mais perigosa a luta. Geralmente eram lutas sangrentas, a punhais. Roberval a princípio deixava-os lutar: em geral, eram bandidos e assassinos. Isso diminuía a tensão a bordo. Mas, quando as lutas se tornaram frequentes, e ele num só dia perdeu dois de seus valentes tripulantes, resolveu punir severamente os briguentos. Um dia presenciei o homenzinho gago, com muita dificuldade de sua parte e condescendência do lado de Roberval — interessado em atendê-lo —, fazer uma denúncia. Roberval falou ao capitão — pobre sombra de autoridade! —, e em breve os gritos do homem que levava nem sei quantas bastonadas eram ouvidos no barco todo.

Nessa noite Juliana confessou ter medo. O gago a perseguia! Ri-me com isso. Mas minha aia se mostrou muito severa e descontente.

Pela manhã Jacques veio com a novidade: o gago se indispusera com João Maria! E isso porque João Maria troçara dele, vezes seguidas, inventando uma porção de versos cômicos... Então sorri para mim mesma. Havia encontrado o verdadeiro dono daquela voz tão bela!

VII

Pedi a Juliana, em presença de Roberval:

— Lede, minha boa aia, para que o tempo se torne mais leve, uma de vossas belas histórias.

E Juliana disse:

— Sabeis de cor quase todas elas. Já não sou moça, e a voz cansada diminui o encanto da leitura. Permiti, senhora, lembrar que haverá mais prazer para todos se recitardes tão belas aventuras.

Roberval apressou-me:

— Se sabeis contar lendas e romances tão bem quanto jogais e cantais, podeis começar: estamos fatigados e sem nenhuma distração!

Filtrava pela sala o vago clarão de um crepúsculo interminável. Senti sobre minha pessoa o olhar curioso de quantos ali estavam. O gago se encostava à parede, João Maria sentava-se a uma banqueta, tendo ao lado, pousado, o seu alaúde. Roberval se colocava em minha frente, em sua alta cadeira. Juliana encorajou-me com um olhar.

Comecei uma história.

— Mais alto! — gritou Roberval.

Elevei minha voz. João Maria fitava-me com interesse crescente. Já ele tomava de seu alaúde, improvisando doces sons que amenizavam minha voz. Era quase um sussurro, um vago marulhar de alegre regato...

Se eu chegava num ponto em que a memória fraquejava, inventava uma passagem. À medida que avançava na história, ia-me pondo mais ousada.

*

Um sol fraco, amarelento, varria o navio. Era um entardecer sem fim, triste, mais triste do que a própria noite. Ficavam os homens pálidos sob aquela luz, e suas sombras se projetavam enormes, como fantasmas.

Foi numa dessas tardes de um verão diferente que João Maria apareceu em visita.

— Quereis emprestar um de vossos livros? Cativo fiquei de tão belas histórias!

— Andai, jovem! — intrometeu-se Juliana. — Não me parece bem que busqueis conversa aqui. O Senhor de Roberval não gostará, por certo, e este não é um ato que vos honre muito!

— Oh, Juliana — disse-lhe. — Teu discurso é impróprio. Acaso não estás aqui para que a visita se faça respeitável? Deixa-te de censuras e trata de apanhar um livro na arca.

*

Vendo que a visita de João Maria não nos trouxera aborrecimentos, eu agora porfiava por aquele entretenimento de sua presença.

De repente entrou ele a ausentar-se, comportando-se com muita frieza e desagrado, quando comigo se avistava, na presença de Roberval. Até que, em certa ocasião, pilhando-me a sós, disse:

— Quero que saibais, Margarida La Rocque, que o gago anda insinuando coisas maldosas de mim e de vós no meio da tripulação.

E a mesma força que me carregava naquela viagem impulsionou-me, talvez, para que o desafiasse:

— Estranho é que aqui se receiem mais os perigos miúdos que os grandes! Estranho que um homem que não teme os mares desconhecidos, as terras perigosas, se aflija por tão pouco!

Ao que João Maria respondeu, com vivacidade:

— Não receio por mim, mas por vós, senhora. Mas, se quereis minha companhia, mesmo a preço de intrigas e calúnias, está feito. Serei vosso servo e estarei a vosso lado quando bem quiserdes.

VIII

João Maria não me veio ver mais ao pé de Juliana, como das outras vezes. Nosso encontro se fez secreto, e a intriga, como sempre, tornou perigosa e suspeita mais uma amizade.
    Víamo-nos em horas mortas, quando Juliana e quase todos de bordo dormiam. Num recanto escolhido por ele, umedecido pela aragem do mar, conversávamos emocionados.

*

Como caminham estas coisas, bem o sabeis, meu padre. Não serei eu a primeira pecadora, e a vossos ouvidos terão chegado pecados semelhantes aos meus. Conheceis como se burla o Demônio de nós, que espécie de pensamentos ele nos inspira. Pois a mim se me afigurava que, ao deixar que João Maria me tocasse a mão, primeiro, que a beijasse em seguida e louvasse a beleza de meu pescoço, a curva de meu talhe, não ia caindo em perigo de ser infiel e má esposa. E vinham pensamentos que me desculpavam perante minha consciência. Talvez estivesse livre. Talvez Cristiano já houvesse morrido de febres. Sim, o mais provável é que isso houvesse acontecido!
    E são tantas as manhas do Demônio, que eu não sentia a íntima contradição. Viajava para procurar meu esposo — e já aceitava, com toda a naturalidade, a suposição de estar viúva, e livre, portanto, de me agradar de qualquer homem.
    Iam as coisas nessa altura quando Juliana me confessou que o gago a apanhara de surpresa, e tão afoito se mostrara,

agarrando-a pela cintura, que minha aia reagira com uma bem aplicada bofetada!

— Que hei de fazer? — choramingava ela. — Este homem há de vingar-se... Parece tão influente, tão amigo de Roberval! Por qualquer "dá cá aquela palha" sofrerei decerto um castigo! Ai, minha prenda, talvez ponham fora do barco a tua pobre aia!

Fiz-lhe ver o desarrazoado de suas lágrimas. Roberval puniria antes o próprio gago! Não seria ele tolo ou louco a ponto de tramar qualquer perseguição.

*

— Que estás fazendo? — perguntou Juliana. — Deita-te, despe-te e torna a dormir. É muito cedo para que te ponhas de pé!

Fingi que me enganara de hora, e minha boa aia não suspeitou de nada.

João Maria nesta noite me confessara seu amor, chorando.

— Há quantos anos esperava encontrar alguém como vós! Tão desgraçado sou, que não vos posso pedir para que sejais minha esposa!

Ouvia com doce espanto aquele mancebo de espírito jocoso dizer aquelas palavras, transfigurar-se, impregnado de um amor que eu julgava sincero.

Haveis escutado outros amantes. Sabeis decerto, padre, que choram por ver a amada pertencendo a alguém. Choram, como se barreiras intransponíveis vedassem o seu paraíso de amor. Mas logo, esquecidos de suas lágrimas, saltam sobre o muro, escalando-o de qualquer maneira. E, já do outro lado, se não sentem ladrões e arrependidos, mas, muito ao contrário, ufanosos e felizes.

Padre, para que me não tomeis como desrespeitosa, calarei sobre os pormenores daquela noite de neblina, que nos cobria, a mim e a meu amor, com seu lençol branquicento.

Passara de mulher virtuosa a pecadora e — perdoai-me, Senhor meu Deus! — não desgostava da minha nova condição nem a julgava humilhante! O frio da noite não era frio para nós, o vento não era rude. Era mulher já feita quando me abrigaram os braços de João Maria. Mas muito me foi revelado então! E, já deitada em meu leito, ouvindo o ressonar de Juliana, estava tão embebida de alegria que não queria dormir, com medo de perdê-la no sono!

IX

Entrecortada de suspiros, de beijos, a cada noite a conversa se prolongava mais. E, quando digo conversa, será com o mesmo intuito que já manifestei: o de não faltar com o devido respeito a um ministro de Deus.

Provado o pecado, longe de me acalmar a sua prática, ela me conduzia a um estado intolerável de ansiedade. Comportava-me de absurda maneira na presença de Roberval. Confundia-me no jogo e, com o caminhar das ideias que tinha, que se apegavam umas às outras formando imensa cadeia, passando e repassando, agia como louca, ora derramando vinho no vestido, ora me assustando à toa quando falavam comigo, ou então ficando tão embaraçada na presença de meu amante que não podia articular palavra. Contudo, tanto quanto seria dado observar, o Senhor de Roberval parecia não ter a menor desconfiança, o mesmo se dando com as pessoas com quem convivia a bordo.

Mas Juliana conhecia demais o meu caráter, para, vendo-o tão modificado, não alimentar suspeitas. Começou a provocar-me com perguntas:

— Que medo é esse e por que procedimento tão esquivo? Por que foges do senhor João Maria, depois de tê-lo recebido aqui? Por que não levantas os olhos para ele quando canta ao alaúde a música que fez do livro que emprestaste?

— Já estou cansada de tudo, Juliana. Não me atormentes com tolas perguntas. Censuravas-me porque tratava, no teu entender, bem demais ao mancebo. Aflijo-te, agora, porque nem sequer olho para ele! Ninguém te entende, querida ama. Vê se me deixas em paz, que ando atribulada com tão longa viagem. Já me fazem mal ao estômago estas comidas tão velhas e este pão negro deitado em vinho azedo! Fazem-me falta o bom leite de casa, os legumes tão tenros, as frutas cheirosas. Se te pareço mal, andando rude, esquiva e pensadora, procura, aia querida, tornar mais leve meu sofrimento e não me recrimines sem motivo.

Mas esse discurso não apaziguou o espírito duvidoso de Juliana. A pobre havia trazido uma peça rica de bordar, para seus momentos mais vazios. Com um olho no trabalho e outro em mim, apreensiva, ela errava e se maldizia.

*

Aconteceu, afinal, o que o bom padre já deve ter adivinhado. Alertada pelo meu modo de proceder, Juliana veio a descobrir tudo. Fingiu que dormia e me seguiu. A cena foi muda, assombrosa. Ao descobrir-nos, ela teve uma expressão de tanto sofrimento que parecia golpeada. Sua pobre face toda se encolheu, e, comprimindo a boca com a mão, saiu às tontas pelo navio. No seu movimento quase a apanha, varrendo-a, uma vela. Segui-a, louca de susto. Houve um momento em que me pareceu que se ia atirar ao mar. Eu guardava silêncio, aterrorizada. Se falasse, minhas palavras talvez provocassem violenta crise de choro e imprecações. Contive-me e, fazendo na pouca claridade da noite um sinal a João Maria para que ele não me seguisse, aproximei-me de Juliana:

— Vem — disse em voz muito baixa. — Olha que serás a culpada, se me descobrem...

Um tripulante passou; viu-nos. Imperiosamente a conduzi a nossos leitos e, durante muito tempo, quis convencê-la de que não havia nada de mal entre mim e João Maria.

— Ainda me insultas, julgando-me tão tola a este ponto! Desde quando não é pecado uma mulher casada dormir com outro homem que não o seu marido?

— Ai, maldição — eu disse entre os dentes. — Duvidas de mim? Tu que dizias não querer casar, porque me querias como a uma filha? Se me atropela minha própria ama com tantas maldades, que esperarei dos outros nesta viagem duvidosa?

Mas deixei de fingir quando vi Juliana cair a meus pés, soluçando:

— Não será tua a culpa, minha querida, se ele pôs alguma feitiçaria em teu vinho ou colocou qualquer amuleto para que te tornasses fraca de vontade quando entrou aqui... Aquele cão! Por que permitiu Deus que se pusesse ele em teu caminho? Que a lepra o destrua, miserável, que morra de boca aberta, arranhando com os dentes as paredes de um cárcere! É preciso abandoná-lo, minha querida! E, se não o fizeres, lanço-me à água, para não ver a tua perdição!

— Levanta-te! Acalma-te! Que defensora és de Cristiano! Sempre pensei que o detestasses. Lembra-te, quando pintava de branco as solas de minhas sandálias, proibindo-me de sair, como se eu fosse uma escrava? Lembra-te quando ceava com outros homens e me deixava presa no quarto? E, agora, pensa bem. Certamente Cristiano terá morrido! E, se não morreu, como é de todo provável, estará com as mulheres de faces riscadas e seus filhotes ferozes... Tu mesma o dizias... E agora o defendes, como se fosses um cão de fila que ele deixasse a meu lado!

Então, Juliana levantou lentamente a face emagrecida e dolorosa para mim, a face banhada de lágrimas, e disse:

— Pedaço de minh'alma! Não cuido de Cristiano, e sim de ti!

X

Era um círculo de fogo, aquele, um cerco do qual eu não poderia escapar. Juliana mantinha-me sob uma vigilância de que seria inútil tentar fugir. A longa viagem, o receio de uma vingança do gago e, por último, a descoberta de meus amores haviam-lhe toldado o humor. Tornara-se resmungona, irritadiça. Enquanto eu me sentia como uma verdadeira prisioneira, pois Juliana não me largava nem por instantes, acompanhava, de longe, a vida de meu amante. Às vezes chegavam a meus ouvidos suas canções, outras, suas gargalhadas. Certa tarde, na presença de Roberval, vi-o cantar uma canção em que entrava um "gato mágico". Era muito alegre. Todos riram! Ali estava meu amante com maneiras tão despreocupadas, e tão à vontade na minha presença, que um súbito temor me enchia o peito. Talvez onde eu visse devotamento não existisse senão falsidade! Em outro dia já cantava ele o "Viva, viva Margarida que me dá felicidade" — a canção brejeira que inundava Paris com sua malícia —, parecendo bem distante de qualquer alusão à minha pessoa.

Na sala de Roberval estávamos nós. Procurava de João Maria desviar minha vista. Corria-a pelas grossas traves do teto, onde, no alto, pela abertura que dava para o convés, a luz vinha a jorros. Insignificantes detalhes pareciam enlevar-me. As mangas de Roberval, o colarinho do cirurgião... Devia parecer estúpida e desconversada. Eis que entra o capitão e fala numa corrente muito forte em que, sem tardança, mergulhará a nau.

Eu havia sentido um frio intenso, como se uma bocarra enorme nos soprasse seu hálito de gelo; tanto que mandara Juliana buscar um manto de lã. E minha aia, vendo-me acompanhada por Roberval, saíra sem relutância.

O cirurgião, homem de todo o saber, cartógrafo e astrólogo, juntou-se a Roberval e ao capitão diante de uma carta de marear. Era inexplicável aquilo! Lá em cima ouvia-se a tripulação assustada, aos gritos. E, instantes depois, os três homens saíram e nos deixaram a sós, a mim e a meu amante.

Fiz menção de levantar-me:

— Não saias do lugar — disse ele, com um tom um pouco vivo.

— Não me queres... mais? Ou então és um covarde, ouviste? Nem sequer desejas que me aproxime de ti! Ouve! Ouve os gritos dos homens! Com certeza temem que a corrente carregue o navio para o fundo ou então para a enorme cascata que há no fim do oceano! Os brutos estão muito ocupados.

— Vês? — continuei. — Como o frio fez com meus braços? Estão roxos! Correm-me arrepios! Dá-me um só beijo, amado meu! Teu beijo dará o doce calor de que necessito!

Tão desagradável estava antes, desinteressada e aborrecida, quanto agora me mostrava vivaz, lançando sobre meu amante meus olhares provocadores. Levantando-me, pus-me à sua frente, risonha e desafiadora.

Lá em cima aumentava o vozerio. Devagar, mas a ponto de sentir, o frio invadia a sala.

Estava torturada de desejo, ainda mais avivado pela atitude de João Maria. Este, afinal, depois de estar quieto, aguçando bem os ouvidos para o distante alarido, veio terno para meus braços, beijando-me com sofreguidão:

— Devemos cuidar, amada minha. Devemos...

E já me voltava em seus braços, e seus lábios pousavam úmidos em minha nuca. Levantei as mãos, quando após me beijava as faces, e cheia de prazer meti os dedos por seus cabelos.

Padre, padre meu! Tende paciência com este relatar de pecadora! Por fim, João Maria beijou-me na boca como jamais o fizera. Talvez eu caísse ou talvez voasse com aquele beijo de amor. Tantas manhas fiz para que ele não acabasse mais! Ora alisava a cabeça de meu amante, ora apertava seu ombro, animando-o a prosseguir. De súbito, senti que o silêncio caíra. Já não gritavam mais os homens. Porém o beijo continuava.

Estávamos para largar-nos, gratos um ao outro, quando Roberval entrou na sala e nos surpreendeu ainda unidos!

Vinha acompanhado pelo gago. Tornou-se rubro de cólera. Antes que falasse, João Maria, arredado, baixou a cabeça e disse:

— Castigai-me, senhor, se vos firo! Mas poupai Margarida La Rocque!

— Então — respondeu Roberval — ainda te atreves a ordenar sobre o que deverei fazer? Teu procedimento é mil vezes indigno, João Maria d'Alincourt. Pretendeste, por inveja de meu poder, que se rissem de mim?

A voz de João Maria veio arrogante:

— Foi um instante de pecado... Não vos tenho provado minha lealdade?

— Gago! — disse Roberval. — Mandai vir homens. Que vá a ferros João Maria!

Saiu rápido o gago.

O vice-rei da Nova França adotava agora maneira desprendida. Houve um silêncio. Eu tremia. Vinha entrando excitado o cartógrafo, com uma carta de marear. Sentiu o estupor do momento, quis volver.

— Que pretendeis? — inquiriu Roberval.

O homem mirou a mim e a João Maria, com jeito relutante:

— Olhai! — disse ele a Roberval, apontando para a carta, que abrira com visível emoção.

Roberval considerou o traçado com um interesse grave. Contudo, disse:

— Agora podeis sair!

Quando o cartógrafo saiu, João Maria falou com desenvoltura:

— Mereço meu castigo...

Juliana chegava e, à porta, parou, suspeitosa.

— Entrai, aia! Postai-vos lá ao lado de vossa senhora, que vos quero para umas palavras... — disse Roberval então, já diferente. Parecia até estimulado por um secreto ânimo, desde que o cartógrafo saíra. Entravam homens trazidos pelo gago. À vista dos que chegavam, bradou João Maria a Roberval:

— Bem mereço vosso rigor! Peço-vos, pelos tempos em que combati a vosso lado. Dizei-me: Margarida La Rocque... não a fareis prisioneira?

E Roberval olhou com orgulhosa mofa para a ama e para mim:

— Isso vos prometo eu!

Em seguida, ordenou aos homens:

— Levai-o!

*

Sentava-se Roberval à sua alta cadeira. Atrás, em pé, estava o gago, que nos olhava de soslaio, considerando entre orgulhoso e reprovador nossos aflitos semblantes.

— Senhor... é mis... ter que me vá? — perguntou, enquanto nos fitava de lado.

— Ficai!

Enlevado, respirou o gago.

— Roberval — pude dizer, vencendo minha aflição —, não quis ofender vossa dignidade de chefe... Se me perdi de mim mesma!

— Lembrai-vos, Margarida La Rocque — falou Roberval, calmamente —, que vieste por vosso empenho! Haveis iludido minha boa-fé, mostrando-vos como uma esposa amante e dedicada, que só se preocupava em saber do marido. Receei eu a princípio a ousadia de meus homens. Muitos deles vieram das prisões, e um... — Ele parecia falar para si mesmo; no entanto, vi que o gago estremeceu, quando Roberval terminou a frase: — E um... eu o arrebanhei já com o laço no pescoço! Todavia, não foram eles que me envergonharam... Fostes vós, Margarida. Que Deus vos perdoe!

A essa altura do seu discurso, como houvesse uma pausa, o gago falou ao ouvido de Roberval algum tempo. Este punha em mim e em Juliana seu olhar frio e severo.

Quis falar: ele impediu-me com um gesto. Depois disse:

— Se fôsseis simples mulher de tripulante, e caída em falta, eu vos mandaria prender.

— Graças, Roberval! — falei impulsiva.

— É cedo, muito cedo, para que deis vossas graças. Ainda não terminei... Porém, como sois minha parenta e minha protegida nesta viagem, vosso crime é maior. Não se trata apenas de adultério, não ofendeis só a Deus e a vosso marido, mas a mim! Já a canalha das prisões deverá rir com a história! Será preciso que o vosso ato de insubordinação seja punido de maneira rigorosa. E já é demais que gaste convosco o meu tempo e tantas palavras.

— O suplício? As chibatadas? Oh, Roberval — gemi. — Não vos cegueis por orgulho. Tende piedade!

— Não sereis chicoteada, Margarida La Rocque.

Eu estava admirada.

— De vosso castigo cuidará o Senhor meu Deus, que me tem guiado e amparado nesta viagem. A Ele vos entrego... assim como a vossa ama, cúmplice nos vossos sentimentos infames.

Juliana não percebia qual era a tenção de Roberval. Mas eu fiquei abalada por uma ideia cruel e medonha. Gritei:

— Quereis... largar a mim e a esta pobre criatura que nada fez?

— Sim, há uma ilha à vista... — rugiu ele, deixando cair sua fingida serenidade. — Aonde ireis com vossa pérfida companhia, meditar sobre vosso crime! Escarnecerá a plebe de vós, Margarida, mas conhecerá, enfim, os rigores do vice-rei da Nova França, e isso será de grande utilidade, nesta viagem incerta. Já disse. A Deus vos entrego!

Segunda parte

O julgamento de Deus

I

No fundo do bote eu me sentia uma coisa miserável e perdida. Ainda tinha nos ouvidos a brutal zoeira dos marinheiros. Era um resumo da covardia humana aquela multidão que nos apupava. De parente e protegida de Roberval eu passara a réproba, até para aqueles homens assassinos e dementes, vindos diretamente dos cárceres para o navio. Guardava um sorriso insolente o gago à nossa passagem, quando íamos a descer a escada, e aquela boca repugnante e vermelha parecia querer vomitar, numa careta infernal e escarnecedora.

Ao longe, avistei, eriçada como uma fortificação, a ilha, que tinha fulgurações vivas sob a luz desigual de um crepúsculo misterioso, aqui manchado de sombras opacas e cinzentas, mais adiante rubro e lampejante e no meio, na crista das ondas miúdas, repetidas, crespas como madeixas de um ouro frio e desmaiado, tão amarelo que fazia mal à vista. Principalmente de quem, como eu, tinha os olhos doentes de chorar.

Gritava um homem, assanhado como fera:

— Deixasse-nos o castigo! Ai, queria lidar com esta bruxa e com a cachorrinha!

A que um outro respondia:

— Se nos desse Roberval para que as castigássemos, talvez a pena fosse demasiado boa para elas... Ai! Que sujas! Fazendo pouco do Senhor de Roberval, o nosso vice-rei!

— Queria esganá-las como quem mata frangas! Vergonha das mulheres! Vergonha das mulheres!

Juliana segurava-me firmemente no braço, pois, a todo momento, cega pela luz desigual, morta de emoção, quase, estava correndo perigo de cair.

Afinal, vi-me no fundo do barco que tremia, sacudido pelas ondas corredeiras e miúdas. Dois homens iam conosco. Haviam passado para o barco a minha arca, dois arcabuzes e alguns mantimentos. Eram os dois marujos homens fortes e decididos. A missão de nos levar para a terra excitava-os, se bem que um deles, um português escuro de rosto, com os cabelos crespos e altos, começasse a pequena travessia com estas palavras dirigidas ao companheiro:

— Tu que estás tão leve, porque vais pisar o chão, não sabes que esta ilha é a casa de muitos e variados demônios? Disse-me um velho pescador da Bretanha, que até aqui chegou, que os brutos que moravam nesta terra de tanto e tão bom peixe e que, em não sendo cristãos, têm a semelhança dos homens, daí saíram porque os diabos tanto os molestavam que os ditos brutos se foram para sempre, em suas embarcações...

— Oh, português — disse o outro, louro, magro como peixe seco. — Queres assustar as mulheres e assustas a mim com tuas histórias! Bem que me arreceio destas coisas, e ainda mais por aquela corrente, o frio que sentimos, como um sopro gelado, além de outros sinais perigosos. Como este céu que mais parece de fim do mundo! Olha lá que grossa nuvem e tão preta é aquela, caminhando tão depressa que se assemelha a uma águia enorme voando. Não brinques, nem mofes, português, não repitas mentiras, que elas põem os bons anjos contra nós.

E o homem, franzindo o rosto, puxou com força pelos remos.

Juliana tinha-me em seus braços e me agasalhava com um pesado manto fiado por minha mãe. Eu chorava sem cessar, mas minha ama estava séria e não derramava lágrimas. Sentia a sua mão batendo em meu ombro, acariciando-me com festinhas: à sua desditosa senhora, tratava como se fora um triste bicho assustado.

Comovia-me tanto com sua sorte como com a minha.

— Querida aia — disse-lhe —, cem anos que eu viva não apagarão meu arrependimento. As injúrias que sofreste por minha causa!

Ela cortou:

— Já não será mais o tempo das queixas e do arrependimento. Não estás arrependida. Se aqui estivesse o senhor João Maria, seriam seus braços que irias buscar. Tens medo, e isso é coisa bem diferente.

Calei-me, acabrunhada. Via-se a ilha mais perto, com a base de rochas vermelhas, e em cima a vegetação entornando seus crespos, como um começo de calvície, numa cabeleira espessa. Devia ser difícil escalar a ilha. Sentia-me tal uma sentenciada à fogueira. Antes o fosse! Morreria depressa. Imaginava uma morte lenta e miserável esperando-me naquela prisão. "Senhora Margarida", dizia de mim para mim, "dai-me coragem!". Seria, desde o começo do mundo, mais duro o castigo do pecado para a mulher que para o homem? Em breve João Maria, preso, decerto, a bordo, seria perdoado. Roberval tanto precisava de seus companheiros de armas! O tempo gastaria a minha lembrança no coração do cavaleiro. Depois, ele me havia conhecido e sabia quão fraca eu era diante da tentação. Compreendia — e isso alargava infinitamente meu pesar — que seria difícil continuar a amar uma dona cujo nome provocava os risos e a malícia dos marinheiros. Ai de mim! O amor dos homens depende um pouco de que se lhes invejem também. Não têm valor os cavaleiros para amar as desgraçadas. Depressa se envergonharia meu amante de quem o fizera tão mau aos olhos de Roberval. Outro favorito teria decerto o vice-rei. Em relâmpagos as cenas se sucediam na minha pobre cabeça. Via João Maria desesperado, chamando Roberval à sala onde o prendiam. E meu amante dizendo:

— Eu vos juro, senhor. Bem que dela eu me quis arredar. Mas Margarida La Rocque desafiou-me...

E eu o ouvia segredar, num sussurro, as palavras que o incitaram a cortejar-me.

— Valei-me, senhora Margarida! — disse alto.

A ilha surgia bem junto. O mar batia nela, naquele casco escuro e vermelho, com uma violência moderada. Mas seria impossível desembarcar ali. A aia olhava, com seus olhos amortecidos, a enorme parede de pedra. Fez o sinal da cruz. Longe, em alguma grota perdida, a água do mar deitava um ruído semelhante a um suspiro de cansaço.

Começaram os homens a procurar um lugar por onde pudéssemos subir. Eu me agarrava a uma pálida esperança. Roberval ainda teria tempo para se arrepender. Como podia ser tão cruel com uma criatura de seu sangue?

Mas os homens continuavam, já agora praguejando, no seu afã de descobrir o melhor ponto para sairmos do barco. Por fim, encontramos uma pequena abertura na pedra. A própria água como que havia cavado uma escada de degraus monstruosos.

Ao primeiro embate do barco sobre a onda saltou o português como um gato, agarrando-se à rocha.

Eu tremia de receio de ficar esmagada num daqueles saltos da embarcação. Mas resolvi levantar a cabeça e não dar motivo para que aqueles dois brutos se rissem ainda de mim. Despi a saia mais pesada, rápida, e me atirei para a rocha, onde o português me prendeu risonho com um só de seus braços. Por um instante, tremendo ainda pelo esforço, apertou-me com sua mão enorme a cintura, olhando-me com dureza. Depois, sorriu novamente, enquanto eu subia pelo rochedo.

— A velha, agora!

Juliana não se desembaraçara da sua longa saia, e seu salto foi mais difícil.

O português agarrou-a:

— A planta já está murcha, mas ainda sabe ter folhas! Que planta tão folhuda!

Lá embaixo, no barquinho que ia e vinha, apesar de agora estar preso por uma corda que o português conseguira amarrar a uma ponta da pedra, o barqueiro levantava penosamente nos braços a arca, para passá-la ao companheiro.

Juliana aconselhou, aos berros, que a amarrassem, mas os homens trouxeram-na sem muitas dificuldades para terra.

Depois de atirar os arcabuzes e uma caixa de pólvora, o homem saltou para a ilha.

Tendo escalado o rochedo, vi-me diante de uma paisagem verde e agradável. Bem defronte se erguia um monte com o cimo rochoso e vermelho tinto de branco, um pouco, mais no alto.

Ao pé do monte havia um pequeno lago, de águas cinzentas, feito, decerto, pela neve escorrida.

O português gritou:

— Água! E bem à vista! Nem precisareis procurar...

E o outro homem disse alto:

— Louvai a Deus! Olhai! Lá vêm os pássaros! Vêm em bandos!

Desciam os pássaros brancos, parecidos com patinhos selvagens, a beber.

— Será fácil apanhá-los — disse o barqueiro. E correu para eles.

Quando o homem chegou perto, eles se dispersaram, em revoada.

— Existem homens por aqui — disse o português. — As aves já conhecem a bichos como nós!

Fiquei perplexa, sem saber se devia ou não recear meus semelhantes, ao mesmo tempo que reparava na energia de Juliana, dispondo de nossas pobres coisas, arrumando-as num desvão da rocha, em vez de se deixar cair por terra, como eu fazia, vencida pelo cansaço e pela emoção. Imaginava os terrores que me esperavam. Como me defenderia das feras? Ai de mim! Não sabia atirar. Receei contar aos homens, e eles nos roubarem os arcabuzes. Contava aprender por mim mesma.

Os homens andaram por perto. Encontraram frutos e rastros de animais. Preveniu-me o português contra certas águas que ele descreveu como causadoras de febres e inchaço. Vi nele um bom cristão. Sem mostrar muita pena de mim, deu-me conselhos, enquanto o companheiro se mostrava apressado. Não dormíssemos juntas; velasse cada uma por sua vez. E, quanto a perigos do inferno, era só abrir o Evangelho de São João, se acaso o tivéssemos ali.

— Deus te abençoe por te compadeceres de mim. Leva este pouco dinheiro!

Do meu corpete tirei um saquinho, donde fiz cair algumas moedas. Guardei as outras comigo, com a esperança desmaiada e distante de um dia sair daquele ermo e necessitar delas. Variando, infinitamente, o coração morre mil vezes e renasce outras tantas! No fundo de meu desgosto brilhava um raiozinho de luz. Talvez fosse o ânimo emprestado por Juliana.

— Voltemos — disse ao português o barqueiro, olhando suspeitoso para os lados.

O português mostrou a sua mão enorme:

— Arranco-te os olhos se contares as palavras que aqui soltei! Fecha o bico, hein?

— Tens medo de que se riam de ti? Mas não cuides que farão mofa! Quando o navio se for, terão pressa em esquecer este tempo perdido. O Canadá está perto! Teremos ouro, diamantes na Nova França. E, em cada canto da mata, mulheres fortes e grandes, com muito gosto em nos servir... Com pouco tempo nem o próprio Senhor de Roberval cuidará que aqui ficou uma sua parenta.

— Que vos guarde Deus! — disse-me o português, com os olhos baixos.

— Esperai! — pediu Juliana. — Deixai-nos mais familiares com esta ilha! Por Deus! Mais uns momentos! Ajudai-nos a procurar um sítio qualquer!

Súbito, minha ama, vencida, tinha uma crise de choro.

— Ide em paz, bom português, e vós, barqueiro que nos trouxestes aqui — disse-lhes, tomando em meus braços Juliana e apertando-a com força. — O Senhor de Roberval não vos esperaria muito tempo!

Saltaram os homens para a barquinha, puxaram a corda...

Estávamos tão separadas do nosso mundo, padre, como um menino, ao nascer, quando o desligam da mãe!

II

Por algum tempo ouvi os soluços de minha ama, estremecendo de encontro a meu peito. Depois, ela calou-se, largou-se de mim e se pôs a olhar o mar. Lá longe, o navio esperava imóvel, enquanto o bote se distanciava. Já nem percebíamos mais os dois homens. Já eram eles um ponto indistinto.

— Ouves? — perguntou Juliana. — Ouves a água? Que ruído tão especial, este. Já agora é um sopro...

Mas seu rosto se reanimou de repente. Ergueu o punho para o navio, os olhos brilhantes de cólera:

— Que o Senhor te castigue, Roberval! E que te carregue o demônio, João Mari...

Tapei-lhe violentamente a boca. Ela murmurou:

— É preciso pensar num abrigo...

— Não nos arredemos deste lugar, minha querida aia. Ai! Tanto roguei a Santa Margarida! Não será a primeira vez que um cristão se arrepende! Espera! Que iremos fazer aqui, senão esperar? Cuida bem na misericórdia de Deus, que já pecamos quando não contamos com ela, e não nos extraviemos pelos caminhos desta ilha, onde não nos encontraria Roberval, se acaso de nós se compadecesse o seu coração.

Ao ouvir estas palavras, pareceu ter minha ama, na sua pele, uma daquelas más mulheres da aldeia, que batiam nos filhos e tinham censuras para quem quer que fosse que seus olhos medissem:

— Como se torna tão sábia a minha menina! Cuidasse antes mais em Deus do que agora, que aqui tem Ele que olhar para nós, já que espero que não haja mais ninguém que lhe distraia a atenção. Rogasses antes à tua Santa Margarida que te livrasse do mau caminho! Ah, nada adianta já, senão procurarmos um buraco que nos sirva de casa e de túmulo ao mesmo tempo!

E, assim, Juliana mudava. Animava-se a lidar com os nossos objetos, e sua mão trabalhosa apalpava a arca para ver se não estava fendida em alguma parte. Enquanto mostrava esse interesse, tinha, porém, palavras de atroz desespero. Há duas maneiras de chorar. Com lágrimas e com palavras. Eu deixava que minha aia se livrasse do peso que levava em seu coração doente, recordando-me o meu proceder tão pecador, e, ainda que suas queixas doessem em minha garganta, fechando-a como se a apertassem com mãos pesadas, deixava-a derramar seu desgosto em alta voz.

Súbito, olhando com meus olhos tristes e doentes a nau parada, lá longe, vi-a descerrar as velas como se rebentasse nas águas uma flor branca e enorme. Já a alcançava o bote... E, movida por um vento rápido, entrou a deslizar.

— Juliana! Olha! Vão-se, e nós ficamos! Ai! Eu não queria, não podia acreditar! Ai, pai querido, ai, minha mãe, será possível que jamais vos veja?

Fascinadas, presas no seu rastro, olhávamos o navio desaparecer. A nuvem que o barqueiro comparara a uma grande águia avançava para o meio do céu, crescendo, escurecendo aquela tarde imensa de verão. Não podíamos saber se seriam cinco ou oito horas. Em nossa terra da França não assistíramos a crepúsculos assim.

— Toca a nos esconder — disse Juliana. — Vem chuva! Depressa!

Eu estava presa ao mar, que me era mais conhecido que a terra onde pisava. Olhava-o fazer, de suas ondas crespas e pequenas, montanhetas d'água, de repente, montanhetas que se não quebravam. Escurecera. Era de chumbo e óleo o mar.

— Vem, anda!

Mas eu agarrava Juliana violentamente:

— Que vês ali? Bem em frente?

— Será um dos bichos mortos de peste, que Roberval mandou atirar à água... Sim, deve ser... Ou talvez uma carga qualquer. A nós não nos aproveitará, menina Margarida. Vamos, que o tempo esfria...

Sobre as águas onde oscilavam as ondas gordas, inchadas, boiava aquela coisa estranha.

— É um homem! — gritei.

— Mataram-no! Roberval puniu de morte a João Maria e lançou o cadáver à água! Aposto minha vida! — gritou Juliana.

— Cala-te! Por que será ele? Deixa-te de agouros! Que má ficaste!

— Ai, vejo melhor. Parece que se mexe, nas ondas. É um homem que vem nadando... logo para, cansado! Já não o vejo...

— Lá está, vem agora a favor da onda... Deus meu! Já não consigo ver coisa alguma! Escurece o tempo. Desçamos o rochedo depressa, Juliana!

III

Ao descermos o pegajoso rochedo, a todo tempo receando cair nas águas que se agitavam, já agora com grande violência, vimos que era, de fato, um homem que procurava nadar para chegar à ilha. Puxei o xale de minha ama e o agitei no ar. Devíamos ser facilmente vistas sobre o rochedo nu. O homem veio vencendo com calma a distância. Deixava-se estendido sobre a vaga, até que ela o carregasse, e assim ia aparecendo e desaparecendo. Quando chegou mais perto, meu coração bateu forte, acreditando que fosse João Maria, mas afastei a doce esperança com medo de ofender a Deus, desejando uma coisa tão louca e impossível.

— Não poderá subir! — disse Juliana. — Escorregará decerto!

— Firma-te nesta ponta. Dá-me a mão... — Segurei a mão de Juliana e, inclinada, estendi a ponta do xale. Era pouco. Pendi mais, e meu pé quase resvalou. Largado pelo mar, o homem chegou-se mais e mais perto. Reconheci-o, e minhas pernas fracas quase me atraiçoaram. Gritei:

— Aqui! Aqui!

João Maria agarrou o xale, mas bateu no rochedo. Tonto, senti que se largava. Mas veio à tona, a cabeça tinta de sangue, ao lado, e segurou novamente a ponta do longo xale.

Minha santa me deu ânimo para que o arrastasse para nós. Levamo-lo para cima. Chegado, João Maria largou suas forças. Estava desmaiado com o choque violento e com o cansaço terrível. Juliana, em vez de louvar a Deus por me ter trazido João Maria, praguejava como uma insensata.

Ele havia atado, sobre o corpo, não sei com que especial ciência, sua espada de cavaleiro. É impossível narrar como fizera para com ela nadar. Mas ali estava!

Havia pecado aquele homem, padre, mas sua nobreza o conservava fiel à sua dama e à sua espada.

IV

Meus olhos doentes choravam agora de alegria. Para mim não havia fadiga em carregar, rochedo acima, ajudada por Juliana, que deitava as suas imprecações, o meu bem-amado.
    Quando nos encontramos no alto, começava a chover. Como poderíamos ir em busca de abrigo deixando João Maria desacordado?
    Correndo meu olhar pelas rochas, descobri um ponto onde elas subiam um pouco acima da terra. Deitamos João Maria ali. A própria pedra formava uma pequena parede contra o vento do mar e a chuva. Não hesitei um instante. Torci o xale e tirei a longa manta, feita por minha mãe, de dentro da arca, onde Juliana guardara o agasalho. Com o xale e a manta presos com pesadas pedras que encontramos ali, improvisamos uma guarida. Esperávamos que a nossa arca, bem fechada, não deixasse entrar muita água em nossas coisas.
    João Maria havia vomitado um pouco de água do mar. Abriu os olhos, sorriu fracamente, passou pelo talho da cabeça, bem rente à orelha, a mão e encontrou a minha, que lhe comprimia a ferida com um lenço. Recaiu em abatimento. Juliana, apertando-se conosco, tremia de frio e resmungava a cada trovão. Mas, enquanto a chuva se adensava e a nossa pobre tenda estava ameaçada pelo vento, eu rezava com fervor.
    Nosso pobre conforto logo teve fim. Parecia que aquele som da água era uma voz, e que essa voz, que começara por um sopro, engrossara. Já agora se assemelhava à ameaça de um gigante, fazendo reboar pela ilha o escarcéu de suas pragas e ameaças.

O vento levou-nos a coberta. Inútil seria tentar resistir. Abracei-me a João Maria. Minhas largas roupas o agasalhavam. Sentia o tremor do seu corpo e o calor úmido que dele me vinha. Beijava aquela pele embebida de sal e roçava meu rosto em sua barba, tudo com muito cuidado para não o sufocar, pois que pendia sobre ele e o tinha sob meu corpo. Ah, jamais possuirá nada no mundo com tanto gozo e avareza como aquela presença de meu amante!

Ele parecia dormir no abandono da embriaguez. Deixava-o, pendendo sobre ele, tomando em minhas costas a friagem da chuva, dormir como uma criança. Já não sangrava o talho da cabeça.

Juliana cobrira-se com suas saias, e, quando o vento ou a água sobre as rochas fazia aquele medonho grito, ouvia-a dizer logo em seguida qualquer coisa — talvez uma prece, talvez uma praga.

A chuva durou pouco tempo, por nossa felicidade. Ainda tivemos uns restos de claridade. No fundo da arca, encontramos algumas roupas secas. Arredei-me de João Maria, depois de tê-lo coberto com cuidado, e me fui vestir mais longe, voltando em seguida. De dentro, do calor de meu peito abrasado de alegria e de confiança em meu amante, vinha um conforto terno. Minha aia trouxe-me pão negro e vinho. Ri-me comigo por ter mandado Roberval umas botelhas. Era como se, deixando vinho e pão às abandonadas, fosse menos duro em seu castigo. Com isso se satisfazia a sua consciência... Roupas, armas, pão e vinho! Comi o pão negro todo alagado. Bebi uns goles de vinho. Levantei a cabeça de João Maria — fi-lo beber um pouco. Juliana descobriu um melhor lugar nas rochas e se escondeu nele. Sem coragem para mudar daquele pouso a meu amante — ali me deixei ficar vencida, também, pelo cansaço e dormi profundamente. Não receava pela vida de João Maria. Se ele possuía tão grandes forças, que fizera aquela travessia a nado, e ainda com dificuldades de quem leva em si uma espada, também depressa ficaria bom de tantos apuros. Foi esse o meu último pensamento, antes de cair de sono.

V

Despertei com a grande algazarra que fazia João Maria, dizendo mil coisas que se não entendiam, na confusão do sono e da vigília. Parecia que prolongava até ali a sua luta por conseguir de Roberval que o deixasse vir comigo. Contou-me depois que, não tendo convencido o senhor vice-rei, muito bem convencera o maroto do seu guarda, que por algum dinheiro se deixara prostrar, a modo de quem lutara demais e caíra vencido. E meu amante acrescentara que, antes de saltar, vira com os seus bons olhos o próprio capitão, que certo o reconhecera, meio oculto atrás de uma trave, preferindo, entretanto, fingir que o não vira.

Estávamos nós dois cheios da claridade nascente, banhados de névoa clara, como se estivéssemos em cima do céu, junto das nuvens.

João Maria levou a mão à cabeça, apalpou a orelha, mediu-a muito propriamente com os dedos, como a verificar se ainda estava inteira, e depois, satisfeito, exclamou:

— Logo sairemos daqui! Faremos fogo sempre junto deste rochedo. Virão pescadores a esta terra de bom peixe, e o navegador Cartier cedo fará este mesmo caminho de Roberval.

Quedava-me cheia de respeito por sua fé. E não contradizia meu amante, que, tendo o seu longo corpo meio enrolado nuns panos, se levantava do chão olhando para um e outro lado, na estreita parte visível, cercados que estávamos pelas brumas.

Nunca me pareceu ele mais com o Cristo do que assim desfigurado pelo cansaço da véspera e malvestido com o manto.

João Maria passou uma ponta do pano sobre o ombro, descobriu a perna magra, cheia de veias fortes, com os pelos louros e longos — ah, desculpai-me, padre, mas ainda trago nos olhos o maravilhoso porte de meu amante — e gritou em desafio:

— Piores dias passei lidando com os homens de Carlos Quinto! Pelo menos aqui não temos aqueles espanhóis malditos!

Parecia-me um pouco fanfarrão, como os meninos que diminuem seu medo contando feitos importantes e corajosos, mas deixei-o falar — enlevada pela maravilha de o possuir para mim. Logo tomamos um pouco de vinho e comemos algum pão. Banhei sua ferida na água fria do lago, tão fria que me doía a mão ao tocá-la. O sol rompia a névoa, desmanchava-a, levando-a para longe, partindo-a em rasgões pelas árvores e altas pedras.

Juliana correu para nós, contando seus sonhos com a necessidade de se desfazer depressa deles, mas cedo se arrependeu, parece, de seus modos amigos com João Maria e tornou à expressão zangada.

Este pegou-me pela mão esquerda enquanto com a direita brandia no ar sua espada, olhando-a confiantemente:

— Vamos conhecer a ilha — disse-me.

E, voltando-se secamente para Juliana:

— Põe as roupas a secar e espera-nos neste lugar mesmo. Cuida de tudo! Estou tão bem-disposto como depois de ter ganho uma batalha.

A aia voltou-se para mim:

— Menina Margarida, não me deixes sozinha! Pode vir uma grande fera... que sei lá...

— Fica-te e deixa-te de resmungos, Juliana! — ordenou João Maria, desta vez mais autoritário.

Apertando o braço de meu amado, depressa saí dali sem sentir nenhuma pena de Juliana, que fazia, de propósito, um triste semblante.

VI

Ia bem descuidada pelo braço de João Maria, subindo e descendo encostas, vencendo distâncias, de maneira a bem conhecer da natureza da ilha. Na parte oposta àquela em que desembarcamos, havia alguns montes, todos com seus cimos de rocha; variavam as cores. Eram uns cinzentos, outros lembravam a ferrugem, e outros muito vermelhos se mostravam, embora todos no alto possuíssem uma touca de neve, brilhante e limpa.

— Logo que fique melhor desta maldita ferida, subirei a um destes cimos, para ver toda a ilha e mais além dela! — falou João Maria.

Demos com um vale de tenras e verdes ervinhas, onde pastavam contentes veados, que fugiram à nossa aproximação. E vimos um pesado rastro, decerto de uma fera muito grande. Também conhecemos árvores enormes, com largas e escuras folhas — maiores que nossas mãos — que davam um fruto amarelo e doce, tão doce que a fome e a sede passavam logo que se provasse uma ou duas, dando lugar a uma espécie de enjoo, que não era, entretanto, de todo desagradável.

— Vês? — disse João Maria. — Uma frutinha dessas e logo se acabava a fome dos nossos soldados! Quando daqui sair, levarei as sementes para a França e serei agradável ao rei, que não tem como saciar a bocarra de seus homens!

Ri-me, leve e ausente de preocupações. Andamos por um pequeno bosque, à sombra do qual nos quedamos um pouco.

— Sabes? — disse ele. — És mais bonita assim, com teus cabelos desmanchados. Ficas uma menina muito pequenina e terna.

Lançou a espada para o lado e se deitou comigo ali, fazendo-me mil carinhos. Num desses momentos, creio que me chamou por outro nome de mulher. Entrei a ficar séria e desgostosa, e, vindo ele a saber por que me amuara, contou-me que aquele nome era o de uma irmãzinha querida; que, me vendo tão menina e engraçada, dela se lembrara sem querer.

Achei bem especial uma lembrança assim, em tal momento de amor, mas não seria eu quem haveria de castigar João Maria com ciúmes e queixas depois do que ele fizera por mim.

Fomos mais uma vez um do outro — com perdão de vós, meu bom padre — e com tal liberdade, como se fôssemos marido e mulher e estivéssemos em nosso leito.

Quando saímos do bosque, eu disse que não sentia estar pecando. Estávamos naquele ermo como Adão e Eva nos primeiros dias do mundo. Pelo visto, não existiam homens na ilha. Então, desde que Deus permitira que nos encontrássemos ali, deveríamos ser um do outro, sem penas nem remorsos. Tal um casal dos bichos que Noé levara na arca; porque é preciso que homem e mulher se casem, como os animais da criação.

— Sim — disse João Maria. — Se não houvesse o demônio daquela velha aia, seríamos como Adão e Eva, ou um par de bichos que não têm outro dever senão o de prolongar sua raça. Juliana é que vem modificar a situação! Arre! Que cara! Só em pensar que devo aturá-la, fico doente. Seria bom que esta velha morresse! Sobraria ração, teríamos um pouco mais de vinho e não carregaríamos este peso às costas, pois bem cedo, com esta umidade, estará ela imprestável...

Muito fracamente protestei contra essas palavras de meu amante. Sentia-me serva de João Maria; dele suportaria tudo, e sempre gratamente. Mostrei como minha aia podia ser útil cozinhando qualquer caça ou peixe para nós. E já atraiçoava a amizade de minha boa Juliana, louvando-a só em sua utilidade, porque é covarde a alma de qualquer mulher amorosa diante de seu amor. Comportava-me, no íntimo, para com João Maria, como um cãozinho satisfeito, que dá saltos alegres ao lado de seu amo, sentindo-se compensado dos sofrimentos e humildades da sua condição, com um simples afago e a companhia preciosa do dono!

VII

João Maria improvisou ferramentas e escolheu as árvores cuja madeira devia servir à nossa cabana. Naquele mesmo dia, começamos a levantar a casa. Meu amante alegrou-se com um vale muito batido de sol, morada de mil pássaros azuis e brilhantes, que se largavam dos pequenos pinheiros e andavam a passear pelo chão, gostando, parece, mais da terra que do céu e das alturas. Na ilha havia muitas espécies de pássaros que se não misturavam uns com os outros. Aqui ficavam os azuis — mais adiante moravam as lindas aves de cor castanha. E as brancas voadoras se iam para sítio diferente. Como os homens, também se organizavam em nações e amavam seus palmos de terra ou suas árvores. Mas vi que se respeitavam umas às outras e não invadiam o alheio domínio. Eram nossos vizinhos, pois, os alegres pássaros azuis, ora em pouso numa reunião de pinheiros redondos e baixos, ora em desfile à beira do regato acinzentado, que descia de um monte mais alto que os demais. Água do degelo era aquela, fria e viva.

Íamos e vínhamos carregando madeira para a nossa cabana e amarrando-a com fibras de árvores. Mal-acostumada por minha mãe, achando demasiada a tarefa, tremiam-me as pernas, afogueava-se-me o rosto. Então, depressa banhava a fronte na água que me fustigava e fazia desaparecer o cansaço. Arregaçava a saia e mergulhava por instantes as pernas na pequena e viva corrente gelada. Voltava esperta para meu trabalho, que rendia quase como o de Juliana e o de João Maria.

Ainda tínhamos sobre nós a luz do crepúsculo — de um sol que nos iluminava de través — quando João Maria disse que estava bem pelo primeiro dia. Que podíamos parar.

Juliana, como uma gata, devagar se aproximou dos pássaros. Já procuravam muitos as árvores. Mas os havia ainda pelo chão. Minha ama atirou um leve manto sobre eles, e se enredaram tontos, os pobres. Havia apanhado seis pássaros! Em breve, João Maria matava-os cruelmente, esmagando cabeça por cabeça, batendo-as sobre as pedras.

Deixei que preparassem a ceia, largada para um canto da casa.

João Maria como homem d'armas, acostumado a campanhas em lugares difíceis, bem soube fazer o fogo, riscando um seixo noutro, fazendo bom braseiro entre duas pedras, sobre o qual Juliana assou os pássaros.

Então, no céu desmaiado, que eu via através de uma trave, abriu uma estrela branca que parecia pousada sobre nós, como a estrela do presépio ou como um sinal qualquer de Deus. Guardei minha impressão.

Mais adiante, comíamos silenciosos os pássaros, bem pobres de carne, mas de forte paladar. Daí a pouco, enrolados nuns panos, sobre folhas secas, dormíamos pesadamente.

*

Acordei mais tarde, a friagem entrando pelos lados pouco guarnecidos da cabana. Era como se um animal de fria respiração bafejasse meu rosto, um monstro de gelo. Voltei-me sobre mim, cobri a cabeça. Ressonava tranquilo João Maria. A aia parecia morta.

Quando, mais agasalhada, ia dormindo de novo, ouvi um ruído. Não, não era estranho. Parecia aquele aborrecido remoer dos ratos, nunca de todo expulsos do celeiro, que vinham à casa, na aldeia, roubar comida mais fina, quando não atacar as botas do pai.

Ratos — aqui? Sentei-me, a face rijamente exposta à friagem. Avançava, pelo chão, um lastro de claridade. Então vi um bicho parado, do tamanho de um gato. Ia gritar. Reconheci logo que era uma lebre... Resmungava qualquer coisa, estranhamente. Parara o troc-troc. Pensei: muitos gatos também, à noite, parecem imitar queixumes da voz humana. Não tenho com que me assustar. Mas... por que não o ouvem os outros?

O bicho estava lá, plantado nas patinhas traseiras. Levava as de diante à boca. Curioso. Estava parado. Mas como que crescia para mim, como que saía da luz incerta, para um relevo maior.

Meus cabelos se eriçaram. O bicho ria! Deixava soar abafada uma risadinha seca e curta. Suas patas comprimiam a boca, mas não impediam que o riso dela se soltasse, irreprimível e irritante.

Mais e mais se aclarava o visitante. Agora, parando de rir, observava-me curioso com seus olhos de contas negras e erguia o focinho lustroso, com ar insolente.

Senti um medo irreprimível. Quis gritar. A voz, como nos pesadelos, não saiu de mim.

O bicho com desenvoltura falou:

— Polo tem razão! Ah, ah, ah! Ela é branca como a barriga dum peixe! — Fez uma pausa: — Polo se zangou comigo! Mas tinha razão.

A lebre ficou séria. Recomeçou o seu troc-troc. Deu uns passos em redor, depois, ou melhor, deu alguns saltos. Plantou-se diante de mim. Mastigou alto:

— Duas fêmeas para um macho. É pouco!

Em seguida, inteiramente silencioso, o bicho se entreteve a olhar perdidamente para mim, como um menino curioso. Não sei se desmaiei ou se caí no sono. Quando acordei, ele estava lá ainda.

Então, achei a minha fala natural:

— Não tenho medo de ti. Não és uma lebre mágica. És um sonho!

Sua risada soou fininha:

— Não sou um sonho. Sonhos não valem nada. São pedaços de nuvens. Eu sou o Filho. Moro no outro lado da ilha.

Desafiei a lebre — ou a mim mesma, talvez:

— És um sonho, eu te digo. Um sonho estúpido.

Não riu. Mastigou ruidosamente. Parecia ter raiva. Seus olhinhos piscaram rápido.

— Os sonhos acabam de dia, não? — Tinha um curto respirar. — Ninguém sonha com o sol...

— É mais raro... Mas também se sonha assim, também se sonha assim! — respondi medrosa.

— Mas não em movimento, correndo pelos campos...

— Uma tia minha sonhava andando pela casa, com os olhos bem abertos...

— Pois eu moro lá... do outro lado. Eu te digo que vivo lá, sob as árvores cheias de crostas. Passada a areia branca, onde há um enorme feixe de ossos...

Ri, desanuviada, subitamente. Se um bicho realmente falasse, não empregaria tal linguagem! "Feixe" de ossos! Era tão difícil!

Ele ainda deu uns saltos mais, pesquisando:

— Duas fêmeas para um macho! É pouco! Nem meu avô se contentaria com tão pouco!

Um pulo mais, e o bicho se colocava fora do alcance de minha vista.

De manhã, eu não disse nada, perturbada, receosa por meu próprio juízo.

VIII

João Maria apressava-se em terminar a cabana. Tinha duas peças apenas. Tapávamos frestas e buracos com um bom barro que encontramos. A porta era baixa. Havia uma janela no alto, pequenina, onde Juliana firmou um xale de grossa lã que se correu, à noite. Desfizemos a nossa arca maior, que nos forneceu uma boa porta. O chão era forrado de folhas secas. Meu amante prometeu-me a pele de um urso, ou de uma fera qualquer, para fazer um leito mais luxuoso.

— Mata-me um veado — disse-lhe. — E deixa-te de promessas impossíveis.

Certa manhã despertamos — Juliana e eu — com o coração trêmulo. Ouvimos tiros que reboavam secos pela ilha.

Cuidei até, de repente, na salvação de um navio qualquer! Mas, buscando João Maria, compreendi que saíra à caça, muito cedo. Levara um arcabuz. Mais tarde, meu amado chegou triunfante, com um veado que dificilmente arrastava. Um pobre e doce animal não ainda morto, de pelo liso e amarelo, e olhos abertos, inundados e sofredores.

*

Padre, pois tive logo meu primeiro segredo não compartilhado por João Maria. Sonho? Loucura? Guardei-me de indagar mais, que já tinha bem atribulada a minha mente.

Convidei meu companheiro para um passeio e o arrastei para longe, procurando o areal. E de súbito o vi, por trás do morro, brilhando entre as rochas, um pedaço de praia sem mar, como um lenço branco jogado entre as rochas — cortadas, trabalhadas, sofridas, ásperas. Como nuvenzinhas suspensas num e noutro ponto da pedra, uns restos de neve.

João Maria deu um grito:

— Vês? Lá, bem adiante? Que te parece? Uma embarcação! Sim... uma barca destroçada... mas... já se vê perfeitamente... é uma barca, não há dúvida.

Lançamo-nos em direção do achado. E então vimos, como um barco encalhado, uma velha carcaça de baleia.

O "feixe" de ossos!

Topei com sólidas árvores, rugosas e tortas, onde acabava o areal. Havia um declive. No meio de fracos matinhos, corriam algumas lebres. Avancei impetuosa para elas e então o distingui, parado, enquanto os companheiros brincavam, aos saltos. Estava sereno, parecia imperturbável.

— Filho!

O animal fugiu com os outros.

— Disseste... que disseste a essas lebres? — perguntou João Maria.

— Tive uma lebrezinha na aldeia — respondi. — Chamava-se "Filho". Lembrei-me dela.

Meu amado deu uma de suas boas risadas. Em seguida, falou nas praias da França. Contou aventuras de amigos que, com suas belas, transformavam as areias, nas horas de sono dos outros e de silêncio, em leitos de amantes.

Beijou-me quando voltávamos, pisando a areia fofa. Eu olhei para os lados, receosa. Pesava sobre nós o mistério. Pelas colinas, pelos vales, nas árvores, suspenso sobre nossos desejos, parecia haver um entendimento, um olho, uma atenção, talvez maliciosa, reprovando, condenando.

IX

Afinal, conheci com João Maria a maior altura da ilha. Levamos muito tempo pesquisando, ansiosos, nosso mundo. Estava eu tão cansada que nem podia falar. Lá embaixo, as colinas, os rochedos, o pinheiral, os riachos prateados. Um pequeno vapor, tal a quentura do corpo, vinha da terra, para o alto. Não alcançávamos com a vista toda a ilha, como João Maria pensou. Entretanto, uma enorme parte do mar se nos mostrava, e podíamos ver na sua superfície as sombras lentas das nuvens, talvez o desenho das correntezas. Tão grande o silêncio...

João Maria me apertava a cintura fortemente e olhava a paisagem:

— Margarida — disse-me —, eu sei que seremos salvos. Há uma passagem... Quem sabe, no inverno, um estreito gelado... Bichos existem aqui que vivem a vadiar de uma terra à outra. E, mesmo que não exista uma saída para terra onde não haja frio tão rigoroso, como o que deve chegar por estas bandas, os pescadores conhecem estas águas, estou certo, estes lados de pescado farto. Sairemos daqui! Juro, Margarida, que haveremos de sair!

Senti uma tonteira forte. Ele assustou-se: fora a subida, o cansaço. Voltei ternamente apoiada em seu braço. A canseira era tão grande! Parece que jamais venceríamos a distância até nossa pobre cabana.

Mas... já víamos os pinheiros arredondados, e lá estava a nossa casinha. Perto dela, como sempre, sobre as mesmas pedras, fizera fogo Juliana.

— Peixe cozido! — saudou João Maria. — Que bem me recebes, Juliana. Como te arranjaste sem mim? Mas és extraordinária!

— Não foi tão difícil. Entortei a minha grossa agulha de fazer tapeçaria. Entre o comer e o bordar... Que lhe parece, senhor? O peixe não é mau, de todo. Sabe que até os gatos aprendem a pescar, não? Lá na aldeia havia um, deixado na miséria à beira do rio. O dono morrera! Então, o bichano se punha a olhar a água, bem quieto: dava uma patadazinha, o peixe pulava, e ele o devorava devagarinho, com a delicadeza dos gatos.

A voz de Juliana se ia sumindo, enquanto eu avançava, lenta, para a casa. O cheiro do peixe cozido entrava repugnante em meu nariz. Cuidei em me deitar um pouco e logo estar bem. Mas, ao chegar rente à cabana, senti um aperto na garganta, um calor que me vinha do ventre para o rosto. Baixei, tonta, a cabeça e vomitei.

Depois, fui para meu canto, gemendo. Tudo parecia girar, e a nossa casa era um barco perdido no meio das vagas.

Depressa senti que me esfregavam os pulsos, esquentavam-me os pés. Quando abri os olhos, passada a tonteira, fixavam-me João Maria e Juliana.

— Qual febre, qual canseira, qual nada! Que cuidados tão tolos! — resmungava a aia. — Ainda que donzela... — e as palavras soavam curiosamente saboreadas e medidas — muito sei desses desmaios e tonteiras... Vem mais alguém para cá, senhor João Maria... Pode crer que vem.

X

Não quis acreditar no que Juliana dizia. Então eu estava grávida? Não era possível. Deus não mandaria o castigo para um inocente. Ninguém podia nascer num lugar como aquele. Não era mulher de conceber com facilidade. Cristiano, também homem sadio, não me deixara esperando filho.

João Maria ficou entristecido, fez alarde de suas preocupações:

— Não! — dizia ele. — Não quero que estejas grávida. Como poderemos fugir daqui se te puseres a ficar pesada, justamente quando nos aparecer a salvação! Ah, isso não pode ser.

— Não pode ser... não... já é — disse Juliana, convencida. — O melhor é que ela repouse e se poupe, guardando as forças para o dia em que delas precisar. Que fique mais pela cabana e menos pelos montes e areais da ilha!

Vi-os comer — a Juliana e a meu amado — bem aborrecida com aquele gosto. Mastigavam deliciados a carne rosada do peixe e me lembravam vagamente, ao se fazerem saciados, a expressão dos nossos bons cães lá de casa, na aldeia, festejando toda a refeição como se fosse sempre a primeira vez que comessem.

Deitada, sentia-me, embora um pouco distante de João Maria e Juliana, impregnada do cheiro ativo do peixe, que ainda agora fumaçava na cabana. Continha-me para não tornar a vomitar. Forcei o sono, quieta, depois, a mão comprimindo o estômago. Assim dormi, para só despertar quando já ia alta a noite. João Maria ressonava a meu lado, calmamente. Senti agudamente o cheiro da pele de veado que me cobria os pés. Atirei-a mais longe, nauseada. Estava mesmo doente, seriamente doente, e Juliana inventando aquilo, para fazer-me mais aflita! Tinha a certeza de que não estava grávida. Mas me sentia zangada porque me julgavam assim.

 Ali, na obscuridade, punha-me fascinada a olhar para a janelinha, com o seu quê monstruosamente humano. Agora, era a face de um horrendo saltimbanco, cego dum olho, que eu vira em Paris, que se desenhava na parede. Portanto, não foi isso que me fez tremer, essa descoberta. Ouvira o troc-troc. Não distinguia a lebre. Mas o seu mastigar se fazia cada vez mais ruidoso. Sentia-a caminhar, aos saltos, para mim. E depois bafejar-me a face, com o seu hálito quente, cheirando a resina. Durou infinitamente aquela presença muda. Cuidei-me em não chamar ninguém, tolhida de vergonha por mim mesma, até que a voz de Filho vibrou no escuro, uma voz sem corpo, pensava eu, seca, como o estalar das folhas, o romper da lenha.

— Estás prenhe, então? Quantos seres levas em teu ventre? Cinco... seis?

— Não — respondi baixo, com medo dos outros. — Dizem isso, mas não é verdade.

Filho refletiu, decerto, envolto sempre no escuro:

— Deves saber! Só tu deves saber! Mas não pareces muito certa do que dizes.

Depois, mudou de tom. Simulava aprazível visita:

— Eu te vi lá! Então, sabes agora que eu não sou um sonho, pois não?

Desencorajada, calei-me. Após segundos, tornei a falar de mansinho:

— Fugiste de mim! Por quê?

— Bem vês que se não devem misturar minhas vidas. Porque eu tenho duas...

— Oh...

— Um peixe não pode viver no ar, como na água... Sua vida de peixe não permite. Mas eu tenho uma natureza mágica. Vivo como lebre e... como espírito. Espírito da ilha, sabes?

Observo tudo, tomo nota das coisas que se passam... Se as lebres souberem da minha outra condição, terão medo de tanta superioridade. E minha vida de lebre será difícil.

— São enredos! Para que queres saber tanto?

— Converso com Polo, que é muito viajado. É um pássaro, uma gaivota, que também possui espírito. Ter espírito, entendes? É a maneira de se regozijar alguém dos seres, das coisas, de tudo que acontece. É um prazer maior que o prazer do amor. Não deves compreender isso.

— Por que não? Por quê? — perguntei baixinho.

Então, por uma fresta, uma luz azulada entrou. Vi Filho, com os seus olhos miúdos e pretos, seus fracos bigodes de cada lado do focinho móvel e escuro.

Ele adotou uma expressão maliciosa:

— Se nem ao menos sabes se estás prenhe ou não!

— Disse-te que não estava — sussurrei.

— Não estás bem convencida, parece. Mas, como as lebres prenhes, evitas o macho. Já te espiei, a noite passada. Logo ele se voltará para a outra, então ficarás livre e poderás comer sossegada, para sustentar teus filhotes, na barriga.

Num murmúrio, respondi à lebre:

— Ela é uma velha. E ele não faria isso!

— Pois os machos do meu povo não perseguem as fêmeas prenhes. Eles são mais delicados, já se vê, então. Antes preferem — até — lebres velhas às grávidas. E essa fêmea que aí está a dormir não é tão desagradável assim. Não tem tua cor de barriga de peixe. É esperta e corredeira ainda.

— Oh, cala-te, Filho!

— Que bem se está aqui! Vives com muito conforto. Os teus iguais de cara riscada também tinham boas tocas.

— Para onde foram?

— Polo me disse que se arredaram daqui com suas fêmeas e ninhadas para tão longe, pulando de ilha em ilha, que ele os perdeu de vista. Sabes? Matavam mais que o teu macho! Penso que fugiam de inimigos quando se assentaram por aqui. Mas... "eles" os expulsaram da ilha.

— Quem?
— Eles.

A lebre entrou a fazer o seu irritante ruído.

— Que é que comes?
— Agora? Nada. É um vício meu. Estou sempre mastigando, mesmo de boca vazia.

João Maria suspirou, volveu-se no seu leito de folhas. Filho deu dois saltos leves, e o escuro o abocanhou, de novo.

XI

João Maria preparou um bastão com o carinho que têm aqueles que desfrutam de tempo demasiado. Desde cedo saía para suas caminhadas ou para seus solitários momentos de observação, nos cimos dos rochedos. Já não me levava com ele.

— Deixa-me — dizia. — Vais te pôr doente!

Da porta da cabana o seguia com o olhar. Talvez, de súbito, se pusera a odiar as coisas. Seu bastão se movia dum lado para outro, partindo inutilmente pequenos galhos ou esmagando tenras ervinhas. Ele fazia provisão de frutas e raízes, escolhendo-as cuidadosamente. Sempre dizia que haveríamos de sair da ilha. Mas seu humor mudara.

Segui-o um dia, dissimulada. Passeou pelo rochedo, onde havíamos desembarcado — Juliana e eu. Sentou-se depois, imóvel. As ondas batiam com um fragor igual. Pareciam, invariavelmente, repetir uma nota de música. Eu estava lá, triste, olhando-o com os meus olhos que o puxavam docemente para mim. Então ele me fez um aceno, como se me soubesse ali desde muito. Cheguei confusa. Sentei-me também.

— Pobrezinha — disse.

Seus olhos se puseram rasos d'água.

— Que tens? — perguntei, aflita. — Causo-te pena porque pensas que estou grávida?

Ele não respondeu logo. Depois mirou e remirou o bastão, entre seus dedos.

— Nunca me perdoará Deus o mal que te causei!

— Se me amares sempre, não será mal. Talvez te aflijas porque te queres livre novamente. E, se te der um filho, já não terás coragem para abandonar tua Margarida, mesmo... mesmo que voltemos para o mundo. Se eu te enfado, meu amante, se deste sítio escaparmos, deixa-me por outra, se quiseres. Fizeste tanto por mim! Nunca te censuraria eu... Podias agora estar já nas graças de Roberval. Folgando, decerto, e em segurança. Eu te arrastei para cá. Fui o teu demônio na viagem. Eu te amarei sempre, João Maria!

    Ele se levantou, mas podia sentir em todo o seu corpo vibrar minhas palavras. Elas viviam nele, enquanto seu vulto fino, mas poderoso como um gume, se desenhava, metade de encontro ao desmaiado do céu, metade sobre o azul profundo do mar.

    — Levanta-te. Vem cá...

    Andou alguns passos, e eu o segui.

    Mostrou a pedra suja de cinzas e um resto de lenha.

    — Eu não te queria dizer. Mas aqui estive ontem de manhãzinha. As gaivotas revoavam como loucas! Tive um pressentimento! Fiz uma fogueira. Meus olhos ardiam, mas eu atiçava o fogo... Era sofrimento, e era alegria de alma, rompendo de esperança! Os peixes saltavam, e as gaivotas cortavam pelas cristas das ondas. Vi para lá um ponto negro. Lembrei-me de todos os nomes de santos, até da tua senhora Margarida, de quem nunca fui devoto. Corri como um doido. Trouxe mais lenha e avivei o fogaréu! Nem sei como lá da cabana não percebeste o fumaçar. Em breve vi o barco. Parado — ficou momentos. Agitei meus braços, com enormes ramos em cada mão; rindo, já em triunfo. Num instante jurei que estávamos salvos e me embriaguei de quente alegria. Mas logo o barco prosseguiu, afundou na distância.

    — As águas são caminhos... Quer isto dizer que este caminho não é tão desconhecido. Não te entristeças se te não viram e à tua fogueira. Virão outros.

    — Viram-me. Estou certo!

    — Mas fugiram.

    Lembrei-me do português que nos trouxera, de suas narrativas sobre os demônios da ilha. A certeza me penetrou como o corte afiado de uma faca. Sem dor. Nunca mais sairemos daqui. À ilha dos demônios, ninguém se atreverá a descer.

João Maria se impressionou com minha fé fingida.

Entendeu que se mostrava fraco diante de mim. Reagiu. Abraçou-me.

— Percebes a música das ondas? A nossa música nupcial... És a mais linda e corajosa das mulheres. Deus nos casou nesta ilha, e nunca descasaremos. Quando vierem os pescadores...

Crescia a melodia, antes em surdina. E senti reboarem os rochedos, enquanto estalava a nota tão poderosa, enorme, grave, como se a ilha inteira cantasse: "Quando vierem os pescadores...".

XII

Nevoeiros que passavam depressa corriam, agora, às vezes, a ilha. Caminhavam sobre o mar como brancos gigantes informes e desciam sobre nós. Era como se habitássemos a terra e a água a um só tempo. Mesmo em nossa pobre casa ficávamos embebidos de pegajosa umidade salgada. Juliana e eu nos deitávamos aborrecidas. João Maria agasalhava-se da melhor maneira e se ia, solitário, vaguear. Parece que não suportava ficar muito tempo fechado durante o dia. Que a nossa conversa de mulheres não o cativava, antes o aborrecia, então.

Dormíamos, a aia e eu, sobre as folhas secas. Tivéramos pequena discussão.

Juliana escondera de mim alguns frutos. Quando o descobri, estranhei seu proceder e lhe disse asperamente:

— Tornas-te gulosa, hein? Como se mudam as pessoas! Na aldeia e no barco privavas-te daquilo que me apetecesse se bastante não houvesse para nós duas. Andas agora a esconder os frutos de que mais gosto!

Ela estava lá, contra a miserável parede da cabana, encolhida, pálida, mais velha de repente. No entanto, contrariando aquele ar de lassitude, sua voz se abriu, desdenhosa:

— A menina sempre fez pouco de sua velha aia. Arrastou-me para cá com sua falta. E logo me acabrunha de perseguições! Já me não sabem, como dantes, frutos e comilanças. Reservava aquilo para o senhor João Maria!

Fiquei admirada da mudança de Juliana. Há tão pouco tempo ela o odiava com cega paixão!

No entanto, lá estava a ama a falar:

— O senhor João Maria, aparte seus defeitos, é aqui o nosso amparo. Dele dependemos para sair da ilha e para nela viver. É um guerreiro, um homem de lutas, e nós somos fracas mulheres. É ele, aqui, quem tem direito ao melhor!

— Ridículo! — exclamei. — João Maria, mesmo, não andará de acordo contigo. Tens uma alma de serva, de serva! Fora da ilha eu te parecia importante, e me festejavas por isso. Agora te voltas para meu amante, esquecida do que dizias e do horror que ele te inspirava. És uma serva, queres um "senhor" para te rojares aos seus pés. Não um amigo, não uma companhia!

A aia parece que rezava, procurando conter-se. Depois disse:

— Por uns frutinhos apenas, lançaste tais perfídias sobre tua velha ama! Deus te castigará. Sofrerás mais ainda!

Então deitou-se ao comprido, voltou-se de bruços e entrou a soluçar. Depois, mansamente, os soluços se foram. E Juliana dormiu.

Voltei-me algumas vezes, ansiosa, sobre o leito de folhas. Pela pequena abertura que servia de janela, um azul desmaiado aparecia. O nevoeiro se fora. O olho da natureza, sobre nossa cabana, parecia fixado.

O escasso vento sacudia o negro xale de lã de Juliana, ali suspenso, como uma pálpebra, abrindo e fechando, perplexa.

— Que tenho eu? Por que me entediei com minha pobre Juliana? Por que não me alegrei em vê-la mudada com João Maria? Por que me sinto sempre perseguida?

Levada por ideias que se abriam e mudavam em ideias maiores, em círculos que se repetiam cada vez mais largos, eu me perdi de mim mesma no sono, o que para nós era a maior bênção da ilha. O sono que anulava o tempo, que nos tirava de nossas solidões. O sono que aproxima os exilados, os presos, dos que dormem em seus agasalhados, confortáveis lares!

Mas ouvi um grito que me despertou amedrontada. Um grito cheio de aflição de Juliana:

— Não viste? Balançaram nossa cabana! E me levantaram do chão... Senti-me cair do alto... Ai, que tive até um frio no ventre!

— Pobre Juliana! Sossega! Tanto te afligi. Vês? Está tudo tão calmo! Também tenho tido sonhos estranhos. É o nosso coração receoso... Perdoa-me, Juliana, se te pus assim aflita.

XIII

Estou aqui, padre, tentando contar nossa vida na ilha. Mas bem sei que jamais conseguiria exprimir o que era a nossa solidão. Ela pesava sobre nós como estreito manto, que nos emperrasse o movimento. Depois, havia a dura luta pela vida. A dificuldade de cada comida, tão penosa como teria sido a de nossos primeiros pais, quando expulsos do Paraíso. Ainda existia aquela esperança que era a pior doença e maltratava João Maria mais que a mim. Nunca poderei contar como se iniciavam desconsoladas as manhãs, e assim vinham e iam cada vez chegando mais tardias e escuras. Já gelava o orvalho, já a terra endurecia, e nós nos assombrávamos com a vinda do inverno.

Pouco a pouco, a jovialidade de João Maria foi desaparecendo. De repente se pôs autoritário comigo. Quando discutia eu com Juliana, ele dava gritos ásperos. Raramente falava de sua vida. Mas uma noite, no escuro, entrou a divagar sobre sua vida de soldado. Então, logo descreveu misérias pequeninas. Como roubara, aos doze anos, a espada de um beberrão. O orgulho que seu pai tivera desse feito. Entrou em seguida a contar das mulheres que tivera, e que — parece — foram muitas. Especialmente se demorou na descrição de uma, sardenta e vermelha, que tinha seios redondos e cheirosos como belas maçãs e um corpo tão formoso e atraente quanto era feio e repulsivo o rosto.

— Tive grandes amantes! — suspirou João Maria no escuro.

Jurara que teria com ele paciência, depois do quanto fizera por mim, mas, quando bazofiou sobre o seu passado amoroso, perdi a cabeça e me queixei impulsivamente:

— Então, já te fazem falta as mulheres de má vida? Cala-te, se isso está acontecendo. Deves respeitar-me para que te respeite também.

— O que passou passou. Há tempo e muita água por cima disto tudo. E não te enganes sobre minhas amantes. Não eram ordinárias. Tive-as nobres e plebeias, mas todas muito desejáveis.

Escarneci alto daquilo.

João Maria foi possuído por grande cólera:

— A que mais me agradou... era casada com um comerciante. Quis vir comigo, quis até se esconder no barco!

De súbito senti a mão de meu amante apertando-me o braço, como uma garra:

— Não eram prostitutas!

— Queres-me ofender, de propósito! Queres que me desgracem os ciúmes dessas raparigas que apanhavas pelas ruas. Pois a elas não me igualo.

Vi que João Maria se calava, para conter o ódio. Mas subitamente explodiu:

— Inventas-te uma virtude! Fazes bem. Por virtuosa estás aqui!

Disse essas palavras entre os dentes.

Eu desatei a chorar, vencida.

— Para! — disse ele. — É pouco o que estamos passando? Anda, deixa-te de ilusões. Bem sabes que eu não era virgem. Se falo, é porque não tenho homens com quem converse.

Atropeladamente subia-me a queixa, à garganta:

— Lembra-te que nos afirmaste casados! — gritei.

João Maria levantou os ombros e saiu da cabana.

A aia veio para mim:

— Dormirá decerto nalgum buraco da pedra. Na França, ele não voltaria... Mas aqui...

Juliana tinha razão. Brigávamos os três, mas sempre corríamos uns para os outros, cercados por aquela solidão, que nos acuava como animais, de qualquer canto, para onde fôssemos.

XIV

Tive febre e tremores. Juliana me agasalhava com peles e vestuários. Batia-me o queixo. "Senhora Margarida", pedi, "não deixeis que nossa desunião mais aflija os já aflitos. Preservai, neste inferno, o nosso amor".

Caí num sono, meio sono, meio vigília. Podia ouvir a ventania armar lá fora seu louco zunido, mas, ao mesmo tempo, estava na aldeia. Preparava-me para a missa de domingo, e minha mãe trazia nos braços um vestido novo que eu enfiava, encantada.

Súbito, a cabana tremeu, como se a empurrassem de fora.

A aia chegou. Sentira o abalo. Receava por nossa casa. Raramente fazíamos fogo na cabana, ao começo, com medo de incêndio. Mas depois soubemos resguardar o braseiro, isolando-o, bem distante da madeira das paredes. A fala de Juliana rebentou como uma flecha no escuro:

— Parecem-me espíritos! Espíritos! — Depois, outra vez: — Vou alumiar...

Depressa a aia procurou fazer fogo no centro da cabana, sobre uma laje especialmente ali posta para esse fim. Tateava rápida, como uma cega em serviço doméstico. Apanhou a lenha e riscou a fagulha com pedras muito boas, que esquentavam e riscavam logo, achadas por João Maria perto do areal.

Ainda a cabana foi abalada por enorme sacudidela. Senti-a mais rija do que esperava.

Então, a primeira chamazinha saltou alegre de dentro da lenha. A face pálida de Juliana pendia, e seus cabelos soltos eram arrepiados como os de uma bruxa. Ela atiçava o fogo, e em breve este entrou a crepitar. Já ia aparecendo o contorno das coisas. Da carcaça da baleia, João Maria retirara um grande osso que era nosso banco confortável. Ali estava ele. Acolá a cama de Juliana. A janelinha soprava um sopro gelado. A "cortina" enfunava, tal vela com vento esperto.

Enquanto Juliana se ocupava do fogo, ia rezando alto.

Senti logo uma confortável quentura. A luz dissipou meu terror. A aia prendera as coberturas em meu corpo antes transido. Encorajada pela claridade, já aquecida, ouvia o vento cantar ao longe, no arvoredo. Deixara-nos em paz. Agora só pensava em João Maria, que eu imaginava tiritando em alguma furna da rocha.

Juliana parece que respondeu a meu pensamento:

— Estará melhor lá fora o senhor João Maria do que nós, tentadas por espíritos malignos.

— É o vento — redargui.

Ela murmurou:

— Empurram *contra* o vento!

Voltou para seu ninho de folhas secas. Encolheu-se, rezando.

Olhei para as chamas alegres. Devia ainda estar febril, porque muitos pensamentos curtos, como relâmpagos, se me acendiam na mente. Voltava para casa e meus pais indagavam de Cristiano. "Morreu", dizia-lhes, fingindo tristeza. "De que modo?", perguntava meu pai com severo jeito. E logo eu estava na ilha. Chegava uma grande nau, que despejava dez barcos para a terra. Cristiano aparecia, comandando homens bronzeados. Era o navio de Cartier. Então Cristiano tomava-me nos braços e me ia levando para um bote, enquanto Juliana silenciosa seguia na frente. "Falta alguém", queria eu dizer, mas não sabia como principiar. E também me vinha uma dúvida. Estava queixosa de João Maria, que me ofendera tanto! Por isso me calava. Havia ar de festa no interior da nau. Passavam criados com pratos cheios de comezainas. Tocavam música, e gargalhadas estrondavam. Nisso reparei que estava em farrapos, suja, miserável, e tive vergonha.

Cristiano me observava com dureza. Cruzei os braços, para dissimular os rasgões, e senti, naquele momento, mexer-se o meu ventre. Suei frio. Cristiano continuava a olhar-me.

Então vi a cabana, o braseiro já quase extinto. Minhas mãos apalpavam meu ventre. A luz da manhã penetrava esmaecida pelas frinchas. Estava já sem febre, mas me pesava a cabeça. João Maria não voltara. Juliana também não estava ali.

Quis levantar-me; não tive coragem. Gradualmente os raios de luz varavam a cabana, alegrando-a. Cessara de todo a ventania. Para espanto meu, uma tranquila voz de mulher cantarolava vagamente. Procurei entender a melodia. Ela me escapava. Todavia o canto se formou, mais forte, puro e doce.

Reagi. Pus-me de pé. À porta da cabana, chamei, intrigada, a aia. Ela não respondeu. Mas a cantiga prosseguia suave.

XV

Voltou João Maria como se nada houvesse acontecido entre nós. Ultimamente muito se dava ele à caça, mas poupava os tiros para não estragar à toa nossa maior defesa. Matava de todo jeito. Ensaiou com Juliana a maneira de fazer o cervo atravessar uma estreita passagem, onde ele o espetava com sua espada sempre afiada com areias. Matava também bichos menores a pedradas, dissimulado nas árvores. Juliana arregaçava a saia e o acompanhava com louco prazer. Punham-se um pouco ferozes os dois.

João Maria continuava a fazer fogo sobre as rochas. Nesse dia, ele parecia vir de lá. De longe vi seu vulto magro, de onde pendiam as peles. Na mão trazia qualquer coisa. Uma caça, decerto. Atirou-a para mim, descansadamente, quando chegou. Era uma gorda lebre.

Senti-me palpitar de emoção. Mirei e remirei o cadaverzinho. Suspirei, depois, aliviada.

— Não quero que mates lebres — disse.

— Põe-te estranha. E por quê? Teremos bom guisado. Deixa de te comportares como uma donzela que passeia por um parque. Estamos no fim do mundo, sem que nos venha nenhuma valia ou socorro. O inverno chegará depressa. Já imaginei, com Juliana, o jeito de salgar muito peixe e carne. Tiraremos o sal dessa grossa água, que bem forte é ela, e salgaremos a caça, como o peixe, aproveitando este último sol. Temos trabalho a valer. Também porei reforço na casa...

— Meu amado — disse eu, já esquecida da nossa discussão; tantas ainda haveríamos de ter! —, está bem que te ponhas previdente. Mas não mates mais nenhuma lebre. Disse-te que tive uma a que quis muito... — Depois, mudei de tom, o coração fechado como triste prisioneiro: — Pelo modo, amado meu, não te fias muito em que nos venham buscar os pescadores... — Ele ficou silencioso. Seu rosto parecia profundamente marcado. — Tenho agora a certeza de que estou grávida — continuei.

— Ora, isso agora! — disse João Maria. — Há tanto sabíamos!

Fiz um esforço para continuar na minha terna prosa:

— Tenho a certeza de que nosso filho nascerá aqui... Não virá nenhum socorro. — João Maria levantou os olhos hostis para meu rosto. Prossegui eu: — Os pescadores receiam esta ilha. Dizem-na moradia de "muitos e variados demônios"... — Vinham-me as próprias palavras do português.

João Maria riu francamente:

— Demônios somos nós, a nos atentarmos mutuamente. Onde há um homem e uma mulher, lá estarão dois diabos a se fazerem fosquinhas.

— Que palavras, João Maria! Como te pões diferente!

— Então, queres que eu cante? Queres que eu cante o "Viva, viva Margarida"? Ou te acompanhe com uma flauta de madeira? Há motivos para folganças?

— Não ouviste cantar ainda há pouco? — perguntei, medrosa.

— Sim, pelas rochas cuidei ouvir cantigas. Andava por lá Juliana. Põe-se leve a nossa aia.

XVI

Fui-me tornando cada vez mais lassa, enquanto João Maria e Juliana mais afanosos se mostravam. Eu ficava quase sempre pela cabana e agora tecia com palhas o berço de meu filho. Trançava as tiras umas às outras e logo levantei uma cestinha bem segura. Após esse feito, recomendei a Juliana que mais palhas me trouxesse e, apesar de me cortarem um pouco os dedos, armei depressa também uma nova cobertura para a janela. A descolorida manta que a fechava, eu a lavei com cuidado. Depois de seca, forrado o pequenino berço de folhas, dobrei ali o xale. "Tão pobre como Jesus", dizia de mim para mim, ao contemplar as coisinhas que deveriam ser de meu filho. Inundavam-se-me os olhos, e nossa pobreza mais pobre se me afigurava, agora que a vinda duma criança era certa para mim.

Juliana se perdia com meu amante pelos confins da ilha, nos afazeres de caça e preparo para o inverno. Cascas de árvores formavam cochos, onde secavam a água do mar para tirar o sal. Em iguais cochos, iriam guardar a carne. Disse que Juliana se punha selvagem. Parece que a estou vendo entrar na cabana com uma cabaça cheia de sangue que escorria e lhe manchava as mãos.

— Toma — disse-me. — Ficarás mais forte. Matamos ainda agora o veado.

Bebi o sangue com repugnância. Forcei-me a fazer aquilo, pela criança. Mas não sei que espécie de sentimento me deu Juliana, que só então vi em sua verdadeira decadência. Rota, desgrenhada e ainda com as manchas de sangue pelo vestido. E, entretanto, ela parecia cheia de recém-vinda violência. Era tal absurda e agressiva mendiga. De repente se punha a renegar os anos de doçura.

— Para que te esforças tanto — disse-me ela quando apresentei, orgulhosa, o berço de meu filho. — Não sabes se ele nascerá morto!

Seguia, apesar de tudo, cuidando de mim com desvelo.

Perguntei se era ela quem cantava.

— Se era, por que não confessava?

— Não vês que não sou eu? Deixa-te de manias. Há mais presenças por aqui...

— Que queres dizer?

— Oh! Lendas do vale do Jura, que ouvia contar na aldeia, ao pé do lume.

Esfregou a mão sangrenta pela roupa, sem se importar com a sujeira.

Nada mais disse a ama.

Mas naquele mesmo dia...

Vi-a, trotando como uma esperta corça, uma veadinha mágica que quase não tocasse o chão. Tinha a aparência humana e apenas os ombros mais curtos e redondos. Caía sombra sobre a cabeça, e desse escuro rebentava uma sonora cantiga. Parecia vestida de musgo fresco ou talvez fossem pelos verdes. Dançava, bamboleava, as ancas fugidias, a cintura fina, e se enrolava pelas árvores na sua dança, espécie de irmãzinha do arvoredo, folgando da natureza, enroscando-se e confundindo sua graciosa pessoa com os matos e as plantas.

XVII

Era rápida — não mais que de uns momentos — a sua passagem. Ela se me gravou no pensamento escuro, como raio de luz.
    Tornou-se nosso objeto de conversa. De ordinário João Maria negava tudo que não fosse do mundo a que estávamos acostumados, onde um homem é um homem e um coelho dos campos é um coelho dos campos. Contudo, pareceu vivamente curioso dessa vez. Ouvira a voz tão clara, com ouvidos bem abertos. Contou, enquanto limpava mais um bastão, um caso que lhe fora narrado pelo Senhor de Roberval e ocorrera com um gentil homem picardo, que se distanciara de seus soldados e passara dias inteiros sem que alguém o visse. Cuidavam que fosse emboscada dos espanhóis e que ele estivesse prisioneiro, quando surgiu de volta emagrecido e avelhantado, narrando coisas terríveis.
    Estava ele sonolento, debaixo de uma árvore que sobre seu espírito parecia derramar doce preguiça, e ouviu terna voz de mulher. Logo depois estalou uma gargalhada fresca como uma fonte da mata, e o guerreiro a viu — a imagem! — saltando alegremente no meio da campina florida, a cabeça engrinaldada e os longos cabelos de ouro, juba forte e densa, ou bandeira, movendo-se alegremente. Havia muito que o gentil homem estava sem mulher, e a aparição o excitou tanto que ele entrou a persegui-la, até que o formoso vulto penetrou numa dissimulada gruta. Então, como amante voraz, a criatura sobrenatural sobre ele se jogou. Era mulher, era fera e era deusa ao mesmo tempo! Os beijos o aniquilavam, queimavam com fogo desconhecido. À doçura, juntava

ela o sortilégio do domínio. Ali o guerreiro era o possuído. Ela, a dominadora. As horas iam correndo, e ela cada vez mais viçosa se punha, até que na madrugada seguinte, em vez de desmanchada e pálida, surgiu límpida e nova, como recém-criada maravilha. Isso deu que pensar ao guerreiro, e viu que corria perigo, pois se sentia morrer docemente. Tentou então persuadi-la a deixar ir-se embora, mas a aparição o estreitava em seus braços ternos, enquanto lhe fechava a boca com beijos mais entontecedores que a bebida. Já não retribuía carícia por outra carícia o guerreiro — e a visão se enfureceu. Seus cabelos se agitavam como a crina de cavalos bravios, e sacudiu furiosamente o amante...

Juliana e eu ouvíamos sôfregas.

João Maria terminou:

— O gentil homem picardo então teve uma ideia. Fingiu que estava morto. Ela ainda tirou do peito um aguilhão e o picou no braço, mas ele continuou imóvel. A visão se projetou para fora da gruta. E o soldado ainda a ouviu lançar ao vento, com mágica doçura, o apelo do amor eternamente insatisfeito. Mais e mais se distanciava a canção... Vendo-se livre de perigo, o guerreiro reuniu suas últimas energias e voltou ao acampamento. De volta foi que se deu conta do quanto andara. Léguas e léguas, sem sentir!

Juliana se fez misteriosa:

— Não vos contaram certa a história, senhor João Maria. Assim não se soltam esses espíritos dos campos. Teria de ser porque o guerreiro lhe tomara o sapatinho de vidro, que contém toda a força... Sou mais entendida do que vós nestes assuntos. Conheço esses fantasmas como os dedos desta mão. As mulheres lá da aldeia punham em seus homens amuletos contra esses espíritos.

XVIII

As nossas roupas começavam a cheirar mal. A umidade não nos dava gosto pelo banho. João Maria uma noite queixou-se:
— Asseiem-se, mulheres! — disse. — A cabana já fede como um curral!
Juliana nunca se lavava, mas eu, ainda que vestisse sempre as mesmas roupas, cuidava de tomar banho, vez por outra. Entendi a reclamação de meu amante como insulto, mas a aia se riu deliciada, e João Maria acabou rindo também. Animado, prosseguiu:
— Os soldados do rei cheiram a rosas perto de vós!
Quando já dormiam Juliana e João Maria, entrei a pensar em Filho, e até com certa saudade. Não levou muito para que ouvisse o troc-troc que o anunciava, como se ele acudisse ao meu pensamento. Logo ali estava, com seus móveis bigodes e a cara contemplativa:
— Matou meu tio! — disse em tom de criança rancorosa. E prosseguiu, mastigando: — Ele, o teu macho, anda matando muito. Em breve, o Cabeleira o expulsará da ilha.
— Quem dera, Filho, que pudéssemos sair daqui! Mas então foi o teu tio que morreu! Ai, como tenho pena!
— Eu não tenho muita — disse Filho, com volubilidade.
— Já estava o tio muito velho e era ganancioso. Não sei por que as lebres-velhas ficam avarentas. Juntava alimentos gostosos, não repartia com mais ninguém e ocupava sozinho uma boa toca. Agora, esta ficará para meu irmão mais velho, e as comidas serão de nós todos.

— João Maria prometeu que não mataria mais nenhuma lebre!

— Muito bem. Nem sempre ele acertaria, dando cabo de uma lebre gananciosa e velha!

— Fiquei horrorizada, temendo por ti, quando vi o cadáver do teu tio.

— Sério? E eu me pareço com aquele velho estupor gordalhão?

Filho mastigou mais alto.

Divertia-me a conversa da lebre. Comuniquei-lhe sobre a visão, despreocupada... Por mais estranha que seja toda a vida, com ela se habitua a gente.

Filho ficou pensativo:

— "Ela" te veio ver. É sempre disfarçada. Nunca mostra o que pretende. Fingia que dançava, mas te vinha ver.

— E por que me queria ver?

— Por teu rosto branco, Barriga de Peixe. Ela não tem face, e sim um nevoeirozinho suspenso. Por isso as irmãs a mandaram para tão longe. Disse-me Polo...

— Mas se eu a ouvi cantar?

— Sim, a Dama Verde canta assim mesmo. Que é que tem? Tem a voz morando dentro do corpo, como dentro de tua barriga moram teus filhotes. — Seus olhinhos piscaram: — Já te arranjas, hein, Barriga de Peixe? Já teces teu ninho! E dizias que não estavas prenhe! — Filho balançou-se com jeito de desafio: — Teu macho é igual às lebres machos. Ele já sente o teu cheiro de prenhez e não quer mais saber de ti.

— Tolo! Bicho tolo!

— Sabes que eu digo a verdade.

— Essa Dama Verde, tu a conheces bem?

— Decerto que sim.

— Fala-me dela.

— As fêmeas, quando ficam prenhes, também ficam de mau gênio. Vou lá fora ouvir o vento. Ele às vezes consegue dizer qualquer coisa que o nosso ser-espírito entende. São histórias de mar, de céus mais quentes, de folhas que viajam. É melhor ouvir o vento!

Foi-se sem despedida.

Então fechei os olhos.

Lembrei-me daquele corpo que fascinara João Maria. Um corpo, só... "Os seios, como maçãs cheirosas." A face feia... Uma face feia — ou nula, e a escuridão sobre os ombros redondos da Dama Verde... Ambas as visões se confundiam em minha ideia.

Eu começava a ficar deformada, e a criança se movia a todo instante dentro de mim.

XIX

Despregavam-se as folhas das árvores, se juntavam e corriam em procissões rasteiras, tornadas seres vivos, com a força do vento. Os pássaros piavam assustados.

João Maria encarquilhou os olhos para o céu.

— Tempestade!... E vai ser forte! Juliana, vamos ao nosso serviço! Devemos cobrir os cochos, senão ficará tudo alagado, e estará perdido o nosso trabalho.

— Tenho medo, João Maria! A tempestade vem já! — disse-lhe eu.

— Deita-te e aquece-te, pois, que teus pais te criaram medrosa. Anda, Juliana!

Vestida de farrapos e de peles, Juliana seguiu-o com sua cabeleira embaraçada, imensa. Quando abriram a porta, o vento a lambeu, trazendo mais vivo para o interior da cabana um odor forte de couro. Bateram a porta, e as palavras que soltaram revoaram em notas curtas para mim. Caiu um silêncio. Fechei, cuidadosa, a janelinha. Relutei por segundos. Depois acendi o fogo. Suportava mal o escuro, em solidão. Fumaça; a lenha era um pouco úmida. Abri ligeira a janela, mas esta lançou uma tão forte corrente que as coisas começaram a revoar. Resignei-me. Apaguei o fogo, fechei a janela e principiei uma daquelas conversas de solidão a que já me estava habituando, a um pensar mais alto.

O baque estalou, então. Era perto de mim, e eu vi a sombra da cabana abalar-se, tal árvore que estremece profundamente ao ser arrancada.

O sangue fugiu-me. Dei um grito. Novamente, com a força duma vaga bravia, aquilo abalou a nossa pobre casa, que resistia gemendo em sua madeira.

Caiu uma quietude em que raciocinei:

— Estou viva, e a cabana está como dantes. Não ouvi sequer a queda de uma trave! Parece milagre!

Mas não... Um pedaço de madeira se deslocava sem ruído. Por trás dele clareava, como se uma candeia surgisse dali. Arrepiei-me. A luz se fazia mais clara, luz branco-azulada, e fugia para o alto, para o teto. Em lugar de se me fecharem os olhos, eles, parece, esbugalhavam-se para tal horror. Então a claridade tomou uma configuração estupenda.

Padre, já vistes a estrela que lembra a que anunciou a Nosso Senhor? Uma grande estrela com adelgaçado corpo luminoso, que se espraia pelo céu? Era assim aquela luminosidade! Mais acima — uma pesada cabeça brilhante e uma haste de luz baça que vinha até o chão. Se a aparição se chegasse mais, eu morreria de medo, pensava. E aí aquela roda de luz escureceu mais ligeiramente no centro. Em tons verdes se desenhou uma face bestial e risonha, que baixou do alto, enquanto o fino corpo se encolhia de si próprio, sem dobrar, apagando-se aos poucos.

Lancei um grito que estalou como um urro de fera a meus próprios ouvidos. Depois abri a porta da cabana e corri, açoitada pela chuva, sob o pálio das vozes da tormenta.

XX

Estava débil, de olhos fechados, e ouvia a conversa de João Maria e Juliana:

— Pode perder a criança — dizia esta.

— E que mal há nisso? Seria melhor — dizia meu amante.

A voz de Juliana sibilava:

— Não anda boa do juízo, senhor João Maria. Mas isso passará, se puser fora a gravidez. Na aldeia... vi mulheres que se punham loucas, de cada filho que traziam...

— Oh, deixa-me, Juliana, com tuas histórias. Não acreditava eu em lendas, mas agora sei que estamos endemoniados ou embruxados.

Quando João Maria veio ao pé de mim, encontrou-me chorando. Em momentos assombrosos e piores, eu não choraria depois. Parecia um choro de criança consolada em sua desdita. Era uma migalha de confiança... João Maria não me achava louca, e eu me enternecia sabendo-me entendida. Contudo, não foi o que eu lhe disse, entrecortada de manso pranto:

— Não quero perder nossa criancinha! Quero-a para mim, para meu consolo. Penso sempre que ela será como um anjinho aqui... — Soluçava. — Tenho cá dentro um pressentimento, que os espíritos ou demônios sairão de perto quando aqui na cabana habitar um inocente.

Através das lágrimas vi João Maria penso sobre mim, tão emagrecido que se lhe viam os ossos do rosto, os olhos luzindo cavos no rosto escuro. Doía-me o seu semblante.

— Um bastardozinho pagão... — disse ele, querendo caçoar. — Não sei se nos valerá muito. Mas, se o queres tanto, então poupa-te bem e não repitas a correria no meio da chuva. Que te teria acontecido em teu assombro se não estivéssemos de volta e te pilhássemos ali? Tu é que pareces não querer a criancinha...

— Foi tão horrível!... — E chorei de novo. Depois me reanimei: — Logo que o tiver em meus braços, batizarei meu filhinho. Um pouco d'água sobre a cabeça: "Em nome do Pai, do Filho e do Espírito Santo".

— Tenho minhas dúvidas se ficaria batizado assim — disse Juliana, que agora escutava junto. — E crianças pagãs atraem bruxedos e malefícios, chamam desgraças. Só o poderás batizar se ele estiver em perigo de vida.

XXI

O tempo se fez limpo, e dormimos noites tranquilas — o que é maneira de dizer, padre — porque o mistério sempre habitava conosco, e seu olho pendia sobre nós.

Fiz umas poucas caminhadas, para desentorpecer as pernas meio inchadas.

Mudara a vista da ilha. Amarelavam-se os campos, as árvores já se mostravam com raras folhas. Mas o céu — esse era de um azul tão vivo que doía.

Foi num desses pequenos passeios que vi pela primeira vez surgir no horizonte uma grossa nuvem escura. E logo cresceu um rumor confuso feito de estalos. Aquilo se avolumava — aquela nuvem que continha barulho tão potente. Voltei para a cabana — que estava perto — e esperei.

Daí a momentos, enquanto parte da grossa nuvem se deslocava em outra direção, pelo céu desciam sobre a ilha milhares de pássaros.

Da janelinha vi que estava tudo parado, à espera do que podia acontecer. Os rasteiros pássaros azuis se haviam dissimulado não sei onde.

Os recém-vindos, que semelhavam falcões, com suas caras agudas e más, brigavam entre si por folhas, sementes ou bichinhos. Bicavam-se furiosamente e se maldiziam alto, como seres humanos, abrindo e fechando o bico, num grasnar surdo.

João Maria chegava; já atravessava o córrego, já passava os pinheiros redondos.

Os pássaros o atacaram de súbito, com violência. Debatia-se meu amante, aos gritos, enquanto vibrava bastonadas.

Disputavam com ele os pássaros por qualquer presa. Ele atirava por terra o que trazia. Os vorazes bichos se punham agora ao chão, comendo, em luta uns com os outros. Então, João Maria avançou sobre os que se saciavam na comida e brandiu com fúria repetidas bastonadas. Matava, mas também devia esmagar os pássaros que se não davam conta, na loucura da fome, e se lançavam para o alimento uns sobre os outros.

Entrou João Maria carregando nem sei quantos dos grandes pássaros. Mesmo mortos, ainda me punham medrosa, com aquele jeito de ruindade na face dura.

XXII

Daquele dia começou o sofrer humilhado de meu amante. Muito maltrato tivera daquelas aves daninhas. Sararam as feridas, mas sua alma ficou amesquinhada.

Dizia:

— Mandou-nos Deus um flagelo, uma praga, como no Antigo Testamento.

Num cocho descoberto, em que a carne secava ao sol, se repastaram os pássaros ferozes. Ele sentiu o tempo, difícil de se recuperar, e o trabalho, perdido.

Desfilavam incontáveis os dias. E as fogueiras, sempre no mesmo lugar, que já enegreciam as rochas, extinguiam-se como desejos vãos, de si mesmas, sem que João Maria as vigiasse.

Como me revolvesse certa noite, no meio das palhas e folhas secas, meu braço resvalou sobre o peito de João Maria. Senti uma quentura de febre.

— Só agora reparaste? — falou-me ele com azedume, porque apreensiva lhe dissera que estava febril. — Tenho tido febre sempre! Febre que me queima e me consome.

— Fiquemos os dois, então, em nossa cabana. Tratemos os dois de nossa saúde — disse-lhe carinhosa.

— Não será neste abrigo que me porei bom. Estas paredes que levantamos me parecem malditas. Bolem, estalam, como se as empurrassem. — João Maria refletiu: — A princípio, as tonteiras e os zumbidos me pareciam uma febre de águas. Depois sondei cá por dentro. Acho que sei bem o que tenho.

Falávamos no escuro. E, entretanto, eu sentia seu sorriso triste, derrubado de lado, sua maneira de expressar amargor.

— Uma vez, em Saint-Malo — ele continuou —, fui ver os três habitantes das florestas que Cartier havia trazido. Eram dois homens e uma mulher. Os homens estavam morrendo de tristeza. A mulher, essa vingava bem. Diziam que corria de casa para as árvores, toda vez que podia, e que se fartava dos matos, como bicho contente. Assisti atormentarem essas pobres criaturas. Queriam apreender sua língua para dominar seu povo. O próprio Roberval se interessou muito por essa experiência. — A voz de João Maria ia baixando, baixando. — Um homem morreu. Depois, o outro. A mulher... essa ficou.

Quente onda de sangue afluiu-me ao rosto:

— Que queres dizer?

— Acho que tenho a doença desses homens.

— Por quê? Pouco deves saber do que padeciam. Se não se explicavam!

— Eram tristes, como cães sem dono.

Minha fala subia como um gume:

— São lendas, as "tristezas que matam". São coisas antigas e passadas. — E depois meu falar ficou terno e brincalhão: — Quem é tua dona... por quem padeces?

— Não são coisas de amores — disse ele. — É diferente. Olha, Margarida. Podia passar anos e anos longe da França, com a garantia da volta. Mas assim... Abafa-me a ilha. Sinto-me um varão amesquinhado, preso entre duas mulheres. A falta do manso ar de minha terra é doença ruinosa. Os habitantes das florestas perdiam o sangue entre nós, como membros amputados. Entre os matos perco o meu sangue! O ar aqui é corrompido. Em vão me meto em lonjuras, vagueando. Estou livre, porém o ar é falto para mim. Começo a pensar...

O remorso de um mal obscuro cortava meu coração. Só fazia dizer, receosa:

— Não exageres tuas penas. Se sofres, também sofro, por ti, por mim e por nosso filho.

Então João Maria riu, excitado. Através de suas palavras cortavam setas:

— Mulher... Margarida... — corrigiu. — Tão bem te plantaste aqui que estás frutificando. Tua natureza desmente as palavras que proferes!

Senti o peso de uma vergonha inexprimível. Experimentei fazer mais de meu gesto que de minhas palavras. Subi minha mão para acariciar a fronte de meu amor. Aproximei-a dele e pude sentir o bafo da febre. Fechei o punho ao longo de meu próprio corpo. A voz de João Maria estalou:

— Deixa-me andar pelos matos, não me prendas aqui. Tens comida suficiente. Amanhã levarei Juliana, e voltaremos muito tarde. A doença e o inverno...

Falava e caía num sono de alto respirar, agitado. Cuidei que depois se sentisse enfarado e mudasse de ideia. Era já de manhã, na cabana, quando ouvi vozes que se distanciavam. João Maria e Juliana partiam. Ela ria como um homem.

XXIII

Decerto passaram quatro dias ou talvez cinco; eu me sentia embriagada de tempo, pesada e inútil. Então Filho tornou à cabana, levemente apiedado por mim.

— Ouviste a Dama Verde?

— Não, Filho. Tenho ficado lerda e descansando. Não saio nem para a comida, que aqui me sobra, e a Dama não tem cantado por estas bandas.

— Isto sabia eu — disse Filho. — Andará atrás de teu macho, que o companheiro de que dispõe, o Cabeleira, pouco tem de corpo, e por isso a aborrece. Vivia pulando como uma cabrinha diante dos faces riscadas. Mas eles lhe fugiam, e ela se desesperava.

Filho fez uma pausa. Abocanhou qualquer alimento, a um canto, saboreou-o com delicadeza. Ao cabo de uns momentos, sentado nas patas traseiras, limpava a boca, tal uma pessoa.

— Cruzes! Também fazes isto?

— Cala-te. És muito ignorante. Queres saber a meu respeito, e nada entendes do teu companheiro. Que é feito dele?

— Trabalha, guarda rações para nós.

— Chamas de trabalho ao que fazem juntos um macho e uma fêmea? A mim cuido que deva ter nome diferente. É verdade que às vezes eles se põem cansados e suarentos. Mas o trabalho não agrada tanto.

Meu coração batia com violência.

— A Dama Verde?

— Ela ou a velha. A velha é mais completa, tem uma cabeça inteira. Polo disse que dois bichos do seu feitio se acasalavam na outra banda da ilha. Vi logo que deveria ser teu macho um deles.

Fiquei furiosa:

— Bicho mentiroso! Esqueceste de que disseste estar Polo longe daqui...

Filho tremeu de raiva. Seus olhinhos abriam e fechavam:

— Polo voltou, eu te digo! Deu-me notícias frescas. Viu um urso duas vezes maior que tu, um urso branco como leite, que vinha nadando para cá, fugindo dos males da sua ilha: os vendavais e os faces riscadas. Teu macho devia estar vigiando a toca. Compete isso a ele. O urso pode derrubá-la, pode matar-te e a teus filhotes.

— Que me importam essas histórias inventadas, de ursos que viajam! Dize-me certo o que sabes de meu companheiro ou te enxoto daqui, bicho intrigante e mau!

Filho adquiriu um ar de superioridade. Levantou os bigodes; os dentes branquinhos e afiados, pontudos, luziram nos finos beiços escuros.

— Teu mal é querer demais, Barriga de Peixe. Estás cheia, nem podes com a ninhada que carregas, e ainda queres teu macho e te afliges porque sabes que ele dorme com outra? Vejo bem — e a lebre deu uma risadinha áspera — que não mereces meu interesse. Tive pena da tua solidão, pois sei que os teus iguais andam em bandos, como as lebres. Mas sou inteligente demais para a tua companhia. As lebres têm mais senso do que tu! Não precisas enxotar-me. Vou-me embora.

Deu-me as costas, saltou algumas vezes. Estacou de repente; voltou-se do lado de fora da porta, impossibilitado de conter a vontade de falar:

— Mais tarde me encontrarás no areal. Os faces riscadas ensinaram aqui o costume de invocar os entes invisíveis que moram no ar e nas águas. Temos festa hoje. E a noite vai ser nossa, pois de lua é. Se quiseres, verás que eu não minto quando te visito.

XXIV

Inventei-me mil motivos para procurar meu amante. Seria a febre de que ele padecia ou curiosidade de conhecer o adiantamento do seu trabalho. Dizia-me, confiante à força de reflexões: "Mulher alguma terá tido maior prova de amor. É do segredo, do escuro e da solidão que me vem tanto cuidado".

A todo instante, chegava, vagarosamente, com minhas pernas de veias inchadas e pretas, até a frente da cabana. Sentia-me tão abandonada!

Alguns pássaros azuis se deram ao costume de comer em minha mão. Tomava, diariamente, mão cheia de frutinhos secos; eles revoavam sobre minha cabeça, pousavam em meu colo, brincando comigo, ao carregar a comida.

Eram mansos momentos aqueles, meu padre, em que sentia a aproximação das avezinhas de Deus. Naquela tarde, sofrida e duvidosa, malgrado repetir, infinitas vezes, as razões de amor que me mostrara João Maria, e apesar de disposta a tomar Filho como o eco da fala de minha alma em tortura, quis buscar conforto entre meus amigos pássaros.

Ali me pus, diante da cabana, a gritar, como fazia, chamando por eles. Não vieram logo. Ensaiei nova chamada e continuei solitária, mais pesarosa ainda. Olhava a solidão, sentia que ela era a única moradora do lugar. À vista dos montes, com neves deslumbrantes, intocadas, despertava sempre em mim a ideia da morte. Os gelos se encompridavam, descendo as encostas: o frio progredia. E tudo era parado. Não se via, acaso, uma sujeira, um rastro, nada que significasse o sinal da vida tentando vencer a imagem da morte.

O luto devia ser branco, pensei. E vi o inverno sepultar a ilha toda num cemitério gelado. Ai! Felizes eram os bichos, guiados por seus instintos. Sabiam o que fazer no inverno e como vencer o mau tempo.

Gritei mais uma vez. Minha voz, carregada pelo vento, povoou como fantasmas em voo as solidões diante de mim.

Então vi algo bulir no chão. Era um pássaro azul. Estava ferido e se arrastava para mim.

— Foram-se os teus companheiros, com medo do frio! E tu ficaste, meu pobre amigo!

Dei-lhe comida, e ele engoliu com avidez. Depois carreguei-o para o interior da cabana. Tinha uma asa bem doente. Atei-a, improvisei um ninho, deitei-o, e ele se deixou ficar nele, em suas palhinhas. Entrou a dormitar.

Éramos os únicos naquelas bandas da ilha.

*

Avançava a noite, e eu não podia conciliar o sono. Sentava-me no leito de palhas e peles e procurava dar descanso ao coração apertado. Se me deitava, vinha um sufocante peso no peito; a gravidez, já quase em seu tempo derradeiro, era penosa.

Cenas brutais passavam em minha mente. Rezava, para afastá-las de mim, à senhora Margarida. Lá estavam elas, porém. Numa caverna, João Maria e a Dama Verde mais pareciam bestas em cio. Mas o belo corpo "com seios como maçãs cheirosas" não tinha rosto. Eu mesma — castigo dos céus! — lhe procurava um. E Juliana, bêbeda de amor, do amor que sua mocidade desconhecera, se retorcia, sob o macho, rindo impudente suas grossas risadas de desafio.

*

Quando mais profunda a noite se tornou, tomei decisão. Iria ao encontro de meu amante. Receava a cólera de João Maria, que me prevenira de que não o prendesse em casa. Todavia, contava acalmá-la levando peles para agasalhá-lo e à ama. Emperravam-se-me as pernas com as veias inchadas. Mas os cochos não ficavam tão longe. E era grande o meu desejo de ir até lá! Não tive dúvidas, seria possível fazer a caminhada, apesar do estado em que me encontrava. Embucei-me em peles e carreguei duas pesadas e peludas mantas, feitas com o couro emendado de animais. Larguei-me da cabana, e tudo estava lavado e tranquilo, batido pela luz da lua cheia. O córrego cantava sereno, as árvores redondas pareciam maiores. Sentia o frio da noite tocando meu rosto, esfriando o nariz. Ouvia-me respirar alto, e o coração parecia bater rente aos ouvidos. Avancei devagar, contornando o morro; achei-me no areal, endurecido de orvalho gelado.

Bem mais longe, próximo à rocha, cuidei ver um remoinho de folhas, formando densa nuvem escura, donde saía um confuso rumor. Que especial ventania era aquela, soprando num campo tão limitado? E que coisas revoavam assim? Caminhei sem temor até mais junto...

Nunca pus meus olhos em espetáculo igual.

Padre! Contaram-me a respeito de sabás e feitiçarias; conheci fatos que se passaram nas florestas de nossa terra. Como este, tão hediondo e ao mesmo tempo tão fascinante, não poderiam ser!

Calculai uma vasta roda, tal corrente, constituída por seres vários a girar com fúria. Fazia ela um zumbido, um cantar entre o urro do animal e a voz humana. Embora girasse com rapidez — aquela atropelada multidão —, eu podia distinguir ásperos e agudos cornos, caudas estrebuchantes, dorsos que ondulavam frenéticos de prazer, mamas e ventres bambos. Animais e assemelhados humanos compunham aquele agrupamento. Eram bichos e espíritos da ilha, gozando de uma festa, alumiados pela lua. Baixava, rente à tira viva, uma estrela saltitante, pula daqui e dacolá, e vi que era o Cabeleira. No centro, quando parou a sarabanda em que se uniam frenéticos os seres, distingui o gracioso vulto em que a lua batia em cheio. Todo o corpo da Dama

Verde, retorcido, vibrante, tal arco, dançava em desejo. Dava-se à noite, ao luar, e trotava, e escavava furiosa o chão, para nele mansa tombar após, quebrada, lânguida de gestos, exprimindo supremo gozo, das bestas próximas, mas dos humanos podendo ser compreendida, e atiçar com seus sinais qualquer espécie de criação.

Às pausas da enlouquecida dança da Dama Verde se sucedia aquele rodar espesso e incerto, furioso, das almas embruxadas e de animais. Agora, obscurecida pelo voltear dos negros corpos, se ignorava a dançarina mágica. Mas sua voz, como um queixume, falando, parecia de todas as sedes do desejo carnal. E após, como se saciasse a invisível, seu canto se fazia débil, era gostosura, morria no frenesi da dança, enquanto se açulava, na noite lívida, o remexer de seres e de almas a meio mostradas. Feras, parece, sacudiam-se unidas, contorciam-se, lúbricas, delas escorrendo o excremento, e girava e tornava a girar aquela tão íntima união de espíritos e torvas formas, celebrando, possessos, da carne toda a fúria.

XXV

Ali fiquei, gelada e de horror embebida. O luar banhava mais claro a parte de cima daquela cadeia, direi melhor, do remoinho formado por viventes e espíritos. Senti uma dorzinha atravessada no ventre, dorzinha de pouca coisa, mas que me tirou do meu estado de assombro. Seria até apertura, aflição que encolhe as entranhas; era menos que dor, na verdade. Adiantei-me uns passos em direção aos cochos, e aquilo tornou a magoar-me. Foi preciso que me viesse ela, pela terceira vez, para dar acordo do que significava. Lá, bem à vista, se encarniçava o sabá da ilha. O susto apressara o parto. Talvez, se cuidado tivesse, ainda não fosse a hora. Já me persuadia de que ali o areal era endemoniado e deveria fugir para a cabana se quisesse salvar a criança. Com angústia no peito, solidão, tonta ainda pelo horror da maldita tropelia, arrastei meus passos de jeito a não abalar o ventre. Quando já avistava a cabana, partiu-me a carne dor como golpe de espada. Gritei e avancei em desespero, atirando-me ao leito. A proteção fazia-me falta; chamei desarvorada por minha mãe. Curioso, meu padre. Naquele instante, era dela que me vinha a lembrança. Experimentava um certo ódio, que a dor exacerbava, por João Maria e Juliana. Estava no abandono, eles me haviam traído. Minha mãe nunca deixaria sua filha em tal estado, tivesse ela razões boas e fortes. As dores se repetiam, como relâmpagos atravessando meu ser. A intervalos, vomitava, depois, suarenta, de pegajoso e gelado suor, caía em abatimento, e um sono de minutos se estendia como bênção sobre meu sofrimento. Ao cabo desses instantes, despertava sentindo nova dor, mais violenta ainda. Passou-se a noite, chegou a alvorada, e eu sempre das dores recaindo em sonos curtos, até que me veio do corpo uma repentina energia, sorte de raivosa vontade, força que me fazia suportar o sofrer. Sentia já vir a criança; contraía-me toda, perdidamente, de olhos fechados. Punha tenção em acabar eu mesma, com minha própria vontade, aquele martírio. Fechava os olhos; mordia-me nos punhos, geniosa e louca. Na luta para vencer a própria natureza, tombavam as horas. Quando fui perdendo as forças e minha cabeça rolava no chão como coisa morta e largada, senti a quentura de uma presença. A lebre, a dois passos de mim, se encolhia como velha num xale, com as patinhas sob o corpo, e me olhava fixamente. Sorri grata para Filho e, num limbo de sonho e de verdade, percebi o Cabeleira clareando, no teto, toda a cabana. E lá na porta, como estátua mutilada, vi a Dama Verde. Sacudi-me toda, então; não me envergonharia de estar assim numa feira pública, quanto mais diante daqueles duendes; fora-se-me toda espécie de vergonha. Compreendi que o que me molestava então era a cabeça da criança. Chegava já ao fim. E meu filho se soltou, como a noz espremida do fruto. Foi a grave chegada do mistério. Houve uma pausa. Depois, seu choro soou forte. Não sabia o que fazer, estava morta de cansaço, mas docemente confortada. Sentia o leito molhado e eu quase afundando num lago de esquecimento e bem-estar. Mas a voz da lebre sibilou:

— As lebres cortam com os dentes essa tira...

Referia-se ao umbigo. Lidei com ele; mastiguei-o, rompi-o. Puxei meu filho nu para meu peito, arrastei-me com ele para o canto de João Maria. A criança era forte, roliça. Um menino, um homenzinho! Respirava sôfrego junto a mim. Logo — maravilha de Deus! — sugava meu seio. Agarrei-o, puxei a manta sobre nós dois. Sentia-me nova e grata, embebida de amor por aquele animalzinho vermelho e gordo, pedaço meu que se largara de mim. Dava-lhe leite, dava-lhe calor, depois de lhe ter dado a vida. Nunca um momento de amor me dera tanta calma e bem-aventurança. O Cabeleira subiu até o centro da cabana, e seu rosto azulado se pasmava sobre a criança. Abria-se num riso estúpido.

A lebre mudara também de lugar. Como um gato, se encostava em mim e mastigava emocionada. Todavia, não quis trair sua simpatia:

— Só um! — exclamou. — Tantos meses, tantas horas, e só um filhote!

Alguém se movia, vindo da porta. Seria Juliana? Não. Era a Dama Verde. Seu nevoeirozinho branco lá estava, como um ninho assentado sobre seus ombros.

Amanhecia. Vinda pelas frinchas se dissolvia uma clara poeira dourada. A Dama baixou para meu menino seus braços suplicantes. E assim ficou, quieta, os dois braços com as mãos estiradas, dizendo, com seu gesto, como o queria e ansiava por ele. Subiu-me agasalhada segurança. Inocente abençoado parecia o meu, e o recém-nascido era toda a admiração dos bichos e espíritos!

Apreendi naquela manhã como deveria ter sido a glória da chegada do Menino Deus. Presenças de seres, insetos, animais, espíritos em corpos tênues, eu as adivinhava ali junto. A claridade avançava, ia mostrando o contorno de formas jamais vistas, que, silenciosas, deslizavam de fora para a casa. Ontem era eu solitária, hoje rainha... A cabana povoou-se de olhos e de respirações.

XXVI

Bom padre, já agora afundada neste teor de maravilhas e bruxedos, tenho que melhor farei se for cuidando de pequenos fatos. Haveis notado que, de começo, saltei sobre muitos dias e nem caminhei, senão deslizei sobre os casos que antecederam meu triste exílio na ilha. Se aqui é que era a terra dos encantos, se aqui vim conceber, parir, conhecer profundezas de solidão de alma e ter a prova mais firme do amor de um cavaleiro, bem natural me parece que me demore contando tudo. Espero que não vos fatigueis. Trago-vos verdade não só do tempo, tocada, vivida, acontecida. Mas verdade que foi tão minha, que tão minha é quanto estes pobres olhos que vos fitam.

    Pois com o dia entrando em franqueza e brilhando pelas neves escorridas, atravessada a cabana por seu quieto e seguro poder, as almas e os animais, insetos e seres rastejantes se foram. A Dama Verde atirou seu canto pelas quebradas da ilha. E a escória de espíritos, lançados àquele lugar de expiação, foi banida e se desfez como nuvem. Restou Filho, mastigando sua conversa morna e agora insípida; por último, partiu, enfim.

    Ficava eu ternamente a mirar e remirar meu tesouro. O menino era guloso e me puxava o seio com força. Seu choro vinha cortado, em gritinhos. Dizia-me que ele nascera com alma de senhor, naquele ermo. Fora eu mais feliz do parto que supunha; nem estava tão extenuada que não pudesse atender às necessidades do pequeno e às minhas próprias. Arrastava-me, apanhava água e comida. Sei que tendes curiosidade de saber que espécie de comer era aquele. Já direi: frutas secas, carne de veado também seca ao sol e uma rosca dura e feita na brasa — que Juliana chamava de "pão". Eram raízes pisadas, molhadas na água, onde se deitava sal. "Isto não é pão", dizia João Maria. "A massa é tão dura que, se eu quisesse, te mataria com um desses pães na cabeça." Mas sempre roíamos aquilo. À noite, esquentávamos água e fazíamos nossa sopa com pedaços de carne salgada e nacos daquela massa de raízes.

Já se vê que o trabalho de Juliana e João Maria fazia de nossa cabana uma casa onde se não passava fome, nesses tempos derradeiros.

"Que nome darei a meu filhinho?", pensava. Gostaria que possuísse o de João Maria. Mas bem claro me ficava ser demais o mesmo nome para os dois únicos homens da ilha — se jamais dela escapássemos!, o que me parecia em tudo provável. Chamei-lhe em breve apenas João, logo Joãozinho. Dava-lhe eu metade do nome querido. Esperava que João Maria aprovasse. Três dias após o nascimento de Joãozinho — ainda continuava eu esperando por meu amante e Juliana. Contudo, minha força de querer ali a João Maria havia diminuído, se não passado de todo. Possuía meu homenzinho, e era bem homem o meu filho.

O cabelo crescia-lhe reto e forte, espesso e negro em sua fronte. Nunca vira criança nova assim farta de pelos. Suas faces eram redondas, o peito forte, e estava longe de lembrar aqueles meninos enrugados, trementes e aflitos lá da aldeia. Chorava pela mama e, logo saciado, se punha de olhos abertos, muito calmo. Pesquisava eu para apurar se ele via as coisas ou compartilhava da cegueira natural das criancinhas! Como óleo sobre meu coração, derramava-se ternura doce e quente.

Havia já voado meu amigo pássaro, que se largara certamente à procura dos outros. Primeiro, dera uma indecisa volta. Despedida talvez ou, quem sabe, incerteza. Logo se fora, e me alegrei por vê-lo curado.

Quatro dias após o nascimento de Joãozinho, senti como se me chamassem, e de manso cheguei à porta. Não havia ninguém. Mas, já mais tarde, escurecia a casa, quando o apelo se fez insistente. Quase nas sombras, com meu menino nos joelhos, vi descerrar-se a porta e entrarem os vultos unidos de João Maria e Juliana. Cuidei que meu amante se abraçava à aia e que me não vissem os dois. Mas Juliana dizia alto:

— Menina Margarida, arre! Ajuda-me um pouco. Alumia depressa!

Fiquei imóvel e percebi que os dois se encaminhavam para o leito de João Maria, que eu agora desocupara. Ouvi o seu gemido alto, tombando sobre as peles e folhas como um fardo. Aí, coloquei rapidamente Joãozinho em sua cesta e tirei o fogo das pedras. A primeira chamazinha brilhou. Avivei-a, e a luz clareou nossa casa. Levei o menino em seu bercinho:

— Teu filho — disse eu, tremendo.

João Maria olhou-o brevemente. Cerrou os olhos.

— O senhor João Maria está muito doente. Está cansado; deve repousar — disse Juliana, e acrescentou: — Dá cá o menino. Sempre te arranjaste sozinha, hein? Não pareces ter sofrido muito. É muito belo. Se não fosse por tão redondinho, diria que bem se assemelha ao senhor João Maria, agora magro de espantar. Mas se diz sempre: "diferentes como o ovo e o espeto...".

João Maria estaria dormindo ou apenas de olhos fechados? Apertei seu braço:

— Nosso filhinho! Nosso encanto! Nem me disseste que estás contente!

— Estou contente — disse João Maria de olhos fechados, com voz apagada. — Agora, deixa-me em paz.

Juliana deu-me a criança e, afanosa, lidou com João Maria, afrouxando-lhe as vestimentas, fazendo-o tomar um caldo de raízes, levando a quente bebida a seus lábios.

XXVII

— Que se passa, Juliana? — indaguei.
— O que ocorre está à vista. O senhor João Maria está muito doente.
— E por isso não voltaram logo?
A aia tomou de meus braços o menino, olhou seu pescoço e, com atenção, examinou as pernas de Joãozinho.
— Devemos limpá-lo com gordura de veado. Se não, logo terá feridas e assaduras.
— Perguntei-te, Juliana, e não quiseste responder. Por doença de João Maria não puderam voltar sem tardança e me deixaram abandonada, em ponto de parir?
A ama atou fortemente o ventre de Joãozinho, que rompeu a chorar. Mais parecia um saquito de doces, apertado em seus panos, o menino.
João Maria gritou do seu canto:
— Fazei parar o pequeno! Arre! Tenho a cabeça em fogo!
Acalmei Joãozinho. Quando o menino cessou de chorar, procurei reatar a conversa com Juliana. Esta me impôs silêncio, olhando para João Maria.
Fiquei quieta, enquanto, pela cabana, leve como uma gata, Juliana andava. Avaliou a água que era pouca e se meteu pela porta afora a buscá-la. Antes disso, deu, porém, um muxoxo, qual declaração de minha inutilidade.
Não tinha mais ideias para medir estas ou aquelas mudanças; se as tivesse, tomaria as alturas de Juliana, ao tempo em que vivíamos na aldeia, cobrindo-me de carinhos e

cuidados e, agora, cuidando que, em meu estado de mulher parida, devesse atender às necessidades da casa.

Mudei-me para junto de meu amante, carregando o pequenino comigo.

Sentada diante de João Maria, perguntei com doçura:

— Estás melhor?

Ele abriu seus olhos crescidos e negros e se ergueu um pouco:

— Melhor, muito melhor agora. Dá cá o pequeno.

Seus braços tremiam, quando, desajeitado, apanhou Joãozinho:

— Aviva o fogo, para clarear mais. Quero ver melhor. Anda com cuidado, senão sufocamos com a fumaça.

Fiz o que ele pediu. De volta, ouvi João Maria indagar:

— Com quem se parece este grande tolo, que se meteu onde não o chamávamos?

Ri, para agradar a meu amante. Ele continuou, empurrando-me a criança:

— É peludo como um espanhol! Demônio, que é mesmo um espanholito! E tu? Deixa-me ver. Tens crescidas as tetas. Mas vai para lá! Dói-me a cabeça. Não te chegues tão junto que me abafas.

E meu amante desceu o corpo, estirou-se gemendo, enquanto eu me afastava roída duma pena.

Não durou muito tempo, e João Maria rompia seu recato com estas palavras:

— Margarida! Eu me vou, agora sei que me vou deste sujo exílio.

Era delírio, assim pensava, e o quis amansar:

— Sim, meu amor. Seremos salvos!

Seus alargados olhos, mais brilhantes pela luz das chamas, riam maus, como loucos, quando ele disse:

— Eu vou só, Margarida, vou livre e só, com minhas passadas; que já não vale te agarrares a mim.

XXVIII

Começaram a mudar as coisas, com a doença de João Maria. A aia era útil e sábia, pensava ele. Dava-lhe ordens sobre que fazer; agora ensinou-lhe a buscar a caça onde esta se escondia. Louvava o peixe que apanhava, e como o sabia cozer ela, e que boa era a bebida de folhas secas que lhe preparava. Juliana falava alto comigo e me empurrava de junto de meu amante:

— Vai-te daqui que eu te cuidei demais, e agora toca a vez ao senhor João Maria.

Comecei a sentir qualquer trama no ar. Às vezes pareciam confabular os dois. Punham-se roxos de rir se eu dava mostras de minha inexperiência com Joãozinho. Então, a ama tomava-o de mim e dizia:

— Aprende! É assim que se faz. Seguras teu filho como a um ramalhete de flores, pelo fim! Olha a cabecita do pobre, que a entornas!

João Maria ia melhor. Porém, não me esquecera eu de como falara em sua fuga da ilha, quando chegara febril. Fuga para a morte, com suas passadas, com sua vontade de se ver livre também de mim? Dizia verdade no seu delirar? Jamais mulher, entre tantas que escravizam homens, aprisionara como eu a um amante. Havia ameaça e rancor que eu sentia passageiros, naquelas palavras de doente. Mas, já agora, sua saúde melhorava. Tinha antes crescido o ventre, e a pele era amarelada. Sua cor voltava, e o inchaço desaparecia. Graças dava à senhora Margarida.

Caiu a primeira neve. Não — orvalho gelado, geada da madrugada. Mas neve do céu descendo, em flocos que tombavam vagarosos. Pedaços de espuma boiando na água negra do tempo. A ilha ficou alva, no dia seguinte, coberta de pano branco, alva como roupa a secar ao sol. João Maria quis ver a cena e se postou à porta, coberto de peles, o rosto franzido e amarelo, o lábio tremente de frio. Estendeu as mãos para o sol claro de se ver, mas frio e sem vida, e sua figura apertava meu peito. Fez reparos sobre a nossa cabana. Seria preciso pôr madeira lá e cá, para suster o peso da neve. Meu amante ainda debateu, vagamente, a ideia de um estreito gelado, que servisse de passagem para os animais.

— A nós não importaria muito. Deveria dar em outro sítio ermo e ruim!

Juliana havia saído. E eu me sentia em alívio. Dormia a criança. Cheguei-me a meu amante e sobre seu rosto vi passar a fumaça de minha respiração. Enrosquei-me macia, resvalei por aqueles mantos de pele, imitando um gato que se agrada no amo. Beijou-me João Maria, levantando-me os cabelos, a nuca.

E o ar foi atravessado por um canto doce, vibrando nas quebradas da ilha. Música igual a taças de cristal que se tocassem.

João Maria repeliu-me, rindo:

— Comporta-te. Ia me esquecendo de que não prestas. Estás parida de pouco. Tens os seios duros com a força do leite, mas anda! Vai-te, que não prestas ainda.

— Ouves cantar?
— Decerto.
— E te importas com essa presença?
— Agrada-me.

Subiu-me à cabeça um rancor. Mas contive a fala que se espalhou calma:

— Que te fez piorar de saúde assim?
— Trabalho.

Surgiu em meu pensar o vultozinho da lebre: "Chamas de trabalho ao que fazem juntos um macho e uma fêmea?", e ergui o rosto para João Maria, vi-o todo eriçado, grande de pelos, e como um urso se alumiando numa réstia de sol.

— Juliana esteve sempre contigo?
— Sim, de dia e de noite. É valente.
— Mas... onde fizeram guarida?
— Que te importa, Margarida? Lá pelos cochos! A cobertura que levantamos nos serviu bem.
— E, portanto, ficaste doente.
— Aborrecem-me tuas palavras. Falas sem saber o que dizes.

João Maria saiu à frente da cabana, com passos vagarosos.
— Volta, João Maria! Estás tão doente ainda!

Vi que levantava os ombros. E se encolhia de rosto, medindo com os olhos as distâncias branquejantes. Pregados éramos um no outro, como Cristo e sua cruz. João Maria voltou.

XXIX

Juliana não parecia infeliz. Às vezes, supunha que era ela mesma quem cantasse. Era como arbusto encolhido num vaso que daí arrancassem para as larguezas da terra que se pisa. Então, se expande em sua natureza e em sua verdade.

Não chorava Juliana pela aldeia nem se afligia por nosso futuro. Ganhava-a uma ânsia de trabalho. Parecia gozar da doença de João Maria. Sentia-se importante.

— Acode-me, Juliana! — dizia a todo momento meu amante.

Ela o despia — ela que se aprumava quando se dizia "donzela" — e o esfregava com óleos de peixes, sem dar mostras de vergonha. Afofava-lhe o leito. Dava-lhe notícias de como lá por fora caminhava o inverno. Mais e mais se assemelhava a um companheiro de João Maria. Quando um dia estava desnudo Joãozinho e eu o banhava com água quente, entrou a fazer comparações entre o corpo da criança e o corpo do homem. Em seu dizer ficariam iguais. João Maria, que jamais elogiava o pequenino, bastante orgulhoso ficou e passou a envaidecer-se dele. A conversa de João Maria e de Juliana enraiveceu-me. Olhares eram trocados, e ditos vinham com malícia:

— Melhor não tivera ele tão rica prenda! De que lhe valerá ela? — dizia a ama.

Depois de banhá-lo, dei o seio ao menino. O leite escorria farto pelos cantos de sua boca. Quando ele entrou a dormir, João Maria quis que a ama acendesse um braseiro, para aquecê-lo. Tínhamos boa lenha, que queimávamos para fazer carvão. Em muitas casas na Europa não se conhece esse conforto.

Aconteceu que Juliana se voltou para mim:

— Menina Margarida — às vezes ainda me chamava assim —, vai e traze um pouco da carne coberta.

— Com que, então, me dás ordens? Planta-te onde deves ficar!

Do fundo da cabana veio a fala de João Maria:

— Margarida! Juliana faz-me falta agora. Deixa-te de gênios. Vai com modos, que quem devia ir era eu, mas não posso.

Juliana baixou os olhos. Nada disse. Devia rir por dentro. Agarrei a manta de peles e me larguei para fora da cabana.

Breve fora a manhã, e agora vinha a noite. Quase me senti feliz quando me vi largada, andando sobre a neve. Homens querem-se em casa, mas, quando nela muito demoram, se põem a aborrecer. João Maria era um doente cansativo. Quase o queria bom, para que se pusesse em suas caminhadas e nos deixasse, a mim e a Juliana, nas horas do dia.

Andava por aqueles ermos gelados e brancos e, sem querer, pensava que terra tão diferente era esta da que conhecera eu no começo do verão! Mal achava lugares e bosques sob o espesso lençol branco. À distância, era o deserto, a morte. Parecia que jamais daquele túmulo brotasse a vida. O verde, o vapor, como respiração da terra... Os bichinhos na areia, as borboletas, os pássaros, os veados saltando na campina, tudo estaria espreitando no tempo e teria de vir. Mas era tão perfeita a morte em sua brancura, na solidez das neves! Não cria na ressurreição ao olhar as bandas geladas da ilha. E nesse pensamento caminhei até os cochos. Tateava, à procura de um bom naco de carne gorda, quando ouvi um rumor. Logo, a lebre se apresentou:

— Apanhas provisão? Já és tu que cuidas deles, Barriga de Peixe?

Mastigava com estardalhaço. Porém Filho estava magro, e seus bigodes duros e brancos de neve. Fez-me dó.

— Estás pobrezinho — disse-lhe. — Tão pobrezinho!

Ele deu uma risada aguda. Tiritava. Havia procurado o aconchego dos cochos. Mas não tocara em comida alguma.

— A pobreza duma lebre está no inverno. Mas teus iguais inventaram pobreza maior — disse, altivo. — Os faces riscados brigavam porque queriam mandar uns nos outros. Matavam-se por isso. Vejo que estás mandada. Ficavas na boa toca, com gordas comezainas. Agora te largas para servir teus donos. Tua pobreza é maior que a minha. Ninguém manda em mim. Nem meu avô, que é todo comodista e não dorme enquanto não der ocupação a alguma lebre. Mas o que se fizer por ele é por vontade de ajudar à lebre velha. Vê-se que não é esse o teu caso. Vais matar a outra? Ou o teu macho? Tens um filho que te poderá servir dentro de pouco tempo. Quanto? Quanto tempo levará ele para te ajudar e ficar do teu tamanho, ser teu igual?

— Morrerás antes disso, bicho perguntador e tolo. Correrão anos até que Joãozinho seja como o pai.

— Em tudo custa o teu povo. Para nascer, para crescer... Então não te convém que mates o teu macho e a velha, por enquanto. Ei... traze-me daquelas frutas secas. Estou com fome.

Atirei-lhe alguma comida. Ele mastigou cheio de prazer. Quando me punha de volta, sua figurinha saltou para meu lado. Fazia-me um certo agrado tão pérfida companhia. Foi a lebre pulando junto de mim, sob a frieza da noite que descia. Cuidei que me acompanhasse como um cão até a cabana. Porém, quando ia a chegar, vi que me largara sem adeus. Procurei seus rastinhos breves. Nada encontrei. Mas, já à entrada da casa, vi umas largas, monstruosas pegadas. Sondei por elas. Davam voltas à nossa cabana e se perdiam além, para as bandas do riacho gelado.

XXX

Vencíamos os dias, e, em certa alvorada, João Maria entendeu ouvir um passarinho. Mas não podia ser ainda um sinal de primavera. Havia ficado meu amante transparente, e se lhe viam as veias correr pelo corpo. Sentiam-se seus ossos, quase sem tocá-los. Contavam-se-lhe as costelas, e, quando respirava, levava tempo para que, debaixo delas, se enchessem os fundos, sob o peito. Com o engano da voz do pássaro, se meteu ele a animoso e disse a Juliana que queria sair.

— Ajudo-te — disse a João Maria. — Juliana ficará com Joãozinho.

— Não podes comigo, se em ti quiser descansar. Vou com Juliana.

A ama o cobriu de agasalhos, e João Maria passou o braço pelo ombro dela. Saíram a passear sob minhas vistas, e eu sustinha meu filho. A criança já tinha olhar para as coisas e ria, gostando do sol. Enrolava a língua e lançava desse modo um ruído semelhante a uma bilhazinha a despejar água. João Maria parava, respirava o bom ar limpo e mandava ao depois uma fumaça branca. Meu filho se entretinha com o vapor que saía de minha boca. Com poucos instantes de passeio, João Maria quis andar só. A ama largou-o e a seguir o amparou de novo. Voltaram devagarinho para casa, e João Maria sentou-se, feliz por se sentir bem-disposto, ainda que cansado. Deitei o menino em sua cestinha. A aia entrou a cozinhar a sopa. Entrava e saía, alegremente, da cabana. Então, nem sei o que me chamou para fora, quando Juliana, vinda lá do dia, se pôs a mexer entre cabaças e provisões.

Dei dois passos cegos pela luz. E depois dei com a aparição medonha! Um urso-branco, enorme, abria os braços e caminhava em minha direção. Bem sabia eu que não era duende. Era uma grande fera, decerto faminta, atraída pelos odores de nossa comida. Lancei um grito apavorado e voltei, cerrando a porta:

— Um urso! Valha-me Santa Margarida!

Atirei-me sobre a porta, travei-a; os urros já estalavam perto. Percebi, no instante, que resvalara a fera seu focinho e o corpo na entrada, sem, contudo, forçar a porta. Aí vi João Maria, grande e pálido, tatear na meia claridade, à procura de seu arcabuz e depois, com ele, chegar cambaleando.

— Arreda-te da porta! — disse a voz imperiosa de Juliana.

Mas eu me agarrava, apavorada. Deu-me a aia um empurrão brusco e soltou a trave. Houve um eterno momento silencioso. "Espírito do mal que impeliste este urso, já conjurei teu perigo, em nome de Santa Margarida", pensei, ouvindo meu desordenado coração.

Aí a porta estalou, abriu vagarosa, e o lento e terrível vulto se desenhou, a boca arfando com seus dentes alvos nos beiços negros e os braços agitantes e desencontrados. Era largo demais seu corpo para a abertura e se atirava furioso o urso. João Maria mandou-lhe um tiro falho, enquanto, excitada, a fera abalava a cabana com seus encontrões. Em decidida tenção Juliana se apoderou da arma, carregou-a, e novo tiro explodiu perigosamente para nós. O urso fora alcançado numa junta, e seu sofrimento o enfurecia. Mas Juliana não perdeu tempo. Ouvimos o terceiro disparo. Ao cabo, lá estava caída a fera, e nós duas chamuscadas de negro. João Maria, apoiado à parede, mostrava-se envergonhado. Saímos, Juliana e eu. O urso tremia ainda, e o sangue negro corria de sua garganta, manchando a alvura de seu pelo.

— De que terras terá vindo esse demônio?

Era Juliana quem falava, quase sem emoção. Olhava-o, ao enorme urso, a seus pés, como se o avaliasse friamente. Depois chegou a bazofiar:

— Temos boa carne fresca. E quanta gordura! Gordura para fritarmos nossa comida... Foi a Providência que nos mandou aqui este urso. Ora, graças!

Eu estranhei suas palavras, porém fiquei calada, pensando na quente e macia pele de que podia dispor, como luxo, na cama. O urso tremia ainda, às sacudidelas, mas eu ganhava coragem e olhava de mais e mais perto. Quando chegáramos à ilha, João Maria me prometera uma luxuosa coberta, feita de qualquer fera muito grande. E, agora que a tínhamos, ele estava ali dentro, fraco e tremente, pensando em seu desvalor.

XXXI

Pelado o urso — pareciam suas carnes a de um homenzarrão em sua nudez de morte, pálida, de cera. Quase que era como se pretendêssemos comer a um semelhante. Juliana encantava-se com o prazer de tirar grandes e tremulejantes lanhos de carne, salgá-los e espetá-los sobre o fogo. Enfim a experimentamos. Era um pouco dura a carne, porém seu gosto vinha compensar a força dos dentes.

João Maria não tomou nenhum interesse em banquetear-se conosco. Fiz que bebesse ele uma grande porção de sangue do animal. Isso o enojou e o abafou. À noite, piorou e delirou. Falou em guerras e murmurou coisas muito graciosas sobre damas, com carinhos e palavras de doçura e versos. Lembro-me de que disse, malicioso, ter descoberto "dois picozinhos de neve com pontas de negro sangue". Voltavam-lhe alegrias e prazeres em sua febre. De madrugada, naquela névoa de alma, me tomou pela primeira vez, após o nascimento de seu filho. Estive com meu corpo no seu calor de ilusão. E, também esquecida do abismo de infeliz doença em que caíra meu amante, larguei sobre ele meu desejo e o envolvi fartando-lhe a vontade, como se não fosse apenas uma mulher, mas duas — e aqui só posso murmurar, meu padre! Como se fosse ele minha criatura, meu filho e meu amante.

Ao amanhecer, recobrou o pensamento. Estava tão calmo, tão doce de apalpar com seu suor que lhe cobrira a febre!

— Margarida — disse-me —, que sonho tive eu!
— Sonho de amor? — perguntei, carinhosa.

— Não lhe via a face, mas que seios... Lembra-me uma canção assim: "São dois piquitos de neve, com pingos negros de sangue". Duas vezes sonhei esse sonho... A mesma mulher, a escura face e o deslumbrante corpo... A outra vez foi lá pelos cochos...

A manhã arrastava pelas frinchas sua luz, como brilho gelado de espada. Juliana chegou junto. Deveria ter ouvido as últimas palavras de João Maria. Deitou-me, sem estremecimentos, um olhar. O meu subiu para seu vulto tal onda de ódio que anseia por derrubar.

— Não deves cansar o senhor João Maria com tuas conversas. Tenho as pernas como mortas. Vou a um passeio.

E me deu, afinal, João Maria por aquele dia. Fartei-me tanto de meu pobre amor! Deixei Joãozinho chorar algumas vezes. Dei-lhe tisanas e agrados, quis levantar no espírito de meu amado a vontade da saúde. À tardinha, Juliana ainda não voltara. Ele dera fé, várias vezes, por sua ausência.

Como se sentasse, pus-lhe o pequeno no colo. E ele quis cantar a música que o sonho trouxera, mas logo largou a pesada cabeça para trás: "São dois piquitos...". Puxei meu filho. João Maria estava ali. Ainda estava ali! Devia meu ser gritar e expulsar de si mesmo a sombra tremenda da traição, que me fazia sofrer. Deus do Céu! João Maria ainda estava ali. Contra meu ódio lutavam meu amor e minha esperança. Aprendera que nesta especial ilha tudo se poderia esperar.

— Rompe-se o gelo já — anunciou Juliana. — Por pouco afundava-me nele, para os lados do lago!

Era o sinal da marcha do tempo, que vencíamos dia a dia em batalha.

João Maria pretendeu rir, de contente. Seus dentes se tornaram maiores, e os lábios recuavam. Parecia que nem podia fechar mais a boca. Atrás de sua pele, rente, visível, quase, estava a representação da figura medonha. Então ele falou qualquer coisa; mas eram mais suspiros que palavras. A voz se desmanchava no ar, perdia forma.

— Ora, que não entendo. Vê se te explicas!

Outra vez soprou ele, já um tanto desgostoso, suas palavras difíceis.

E Juliana disse:

— Avia-te, avia-te! Leva o menino a passear ao sol! Então não falas mais língua de cristão?

Queria ficar ao pé de meu amante. Bem conhecia as suas manias de doente. Deixá-lo a Juliana me apertava o coração. Mas não quis magoá-lo em seu intento de pai. Já a aia baixava, já tomava de uma engenhosa almofada de peles e areias que fizera e com ela amparava o corpo doloroso de meu amante, dando-lhe mais conforto, enquanto lhe deitava ele suas palavras sopradas, que Juliana adivinhava nem sei com que arte.

Com o menino ao colo andei por vale afora, até o penhasco, contornando o lago. Juliana tinha razão. Fendia-se o gelo em muitas partes. E a água negra espreitava, sob a trincada coberta.

Sentei-me com Joãozinho à beira do rochedo, num canto limpo, e lá estava o sinal da esperança, um resto de escura lenha saindo de pouca neve desmanchada. Para além, era a grandeza dos mares de Deus largados e limpos até uma doída — por imensamente longínqua — aproximação com os céus. Mares tão largos e tão grandes, jamais os vira como na ilha. Essa gloriosa aparência sempre me acalmava um pouco. Sobre essas águas sem fim eu vira a nau de Roberval estalar suas velas, como flor aberta. Era nossa larga estrada, aquela. O mal ou o bem dali teriam de vir. Uma gaivota revoou baixo, solitária sobre nós. Joãozinho viu o movimento da ave; com ele se alegrou em lugar de assustar-se. Ativo às coisas do mundo, lançou ao ar fino sua tépida fala enrolada, macia tal um novelo de lã que se deslinda. Fazia bem o passeio a meu filho. De dentro das grossas peles, sua carita aparecia rosada, e seus olhos, voltados para o azul do céu, eram brilhantes, úmidos, com o mesmo negro de sua mecha de cabelos. Meu "espanholito" se punha ativo. Já sabia firmar-se nos pés e empinar o ventre, quando o molestava, por vestimentas. Também era preguiçoso e queria o leite fácil na ponta do seio. Se o não encontrava depressa, ficava roxo de ira e batia violento com seus pezinhos.

Ao cabo de uns instantes, Joãozinho se esqueceu do céu, do pássaro, e roçou seu nariz redondo em meu seio. Espremi a mama e deixei que o leite descesse. Nela firmou-se a boca de meu filho. Ali ficamos os dois unidos, até que ele se saciasse. Batia-me às costas o sol. Meu filho enternecia-me por seu gostoso conforto. Ah, pudesse eu mostrá-lo à minha mãe! Que rica criança tivera eu naqueles ermos!

Quando parou de sugar, Joãozinho já ia a dormir. E mansa e cuidadosa me levantei. Voltava eu também acalmada pelo passeio, pela vista do mar. Vagarosamente, empurrei a porta da cabana, e então vi Juliana de borco sobre João Maria.

XXXIII

Chegou-me a visão. Havia largado Joãozinho em sua cesta. Ouvi-o chorar alto. A fúria agarrou-me inteira; parecia aniquilar-me. Depois, sacudiu-me.

Sim, lá estava João Maria inerte, e Juliana palpitando sobre seu corpo, como enorme pássaro negro, faminta decerto de sensações, louca em sua carne tardiamente desperta.

— Arreda-te! — gritei. E a empurrava com força desvairada.

Mas Juliana se desesperava, sacudia João Maria, livrava-se de mim e tornava para ele.

Peguei-a então pelos cabelos emaranhados; tonta, desvairada de ciúme:

— Mulher imunda! Larga! Prostituta! Então tu o queres matar, hein?

As forças me vinham, como águas subindo na maré. Esquentava-me o ódio. Peguei-a firme — e a encostei às traves da parede. A criança chorava doridamente, e aquele canto de dor subia-me à cabeça como vinho.

— Bruxa! Velha bruxa! Queres matar João Maria no teu cio?

Mas já a aia cuspia-me nos olhos, salvava-se de mim, e sua voz varava a cabana e aflita carpia:

— Ele já morreu! Ele já morreu! Penso que...

Caiu de novo sobre João Maria. Sacudiu-o. Chamou, enquanto eu tremia, pasma:

— Senhor João Maria! Ai, valei-me! Senhor João Maria!

Baixei-me também. Lá estava o meu Cristo, lá estava ele, de olhos abertos, os dentes fora da boca, ansiando, parecia, ainda por ar, mais ar.

Ficara ainda um resto de vinho numa botelha das que nos mandara Roberval. Procurei-a — eu escondera a bebida a um canto, sob provisões, e coberta de folhas — e vim com ela. Agudamente subia a fala de Juliana:

— Já não é mister! Deixa-lo em paz!

Mas eu aumentava de esperança, andando para perto de meu amado. Debrucei-me e entornei vinho em sua boca. Aberta ela ficou, da mesma forma. Seus olhos sempre abertos ficaram. Atrás daquela figura, donde o vinho transbordava, como sangue vomitado, vi a imagem de uma corça que Juliana havia caçado e que eu desejava que vivesse. Punha-lhe água à boca, lançava-lhe também aos olhos, e o animal atirou-me sua morte, como vitória sobre mim. Chorei de despeito, em minha derrota. E agora João Maria perto de mim se largava para longe. Fugia! Ai, fugia para sempre. Estava ainda quente, e eu empurrava Juliana e me punha toda de encontro a seu corpo, beijando sua pobre testa, machucando meu rosto em sua barba, e em frenesi pedia:

— Não, meu amor! Não me deixes! Ou então leva-me contigo!

A criança parara de chorar.

Houve um tempo. Grande ou breve, não sei. Depois, Juliana se pôs de joelhos, principiou a oração dos mortos. Eu passeava minha mão sobre os cabelos longos e oleosos de João Maria. E me veio nova força desesperada:

— Bruxa! Tu o mataste — gritei — e agora por ele rezas! Tu o mataste com tua velha fome! Desgraçada! Some-te de minha vista, feiticeira! Agarravas João Maria! Agarravas meu amante, bebias seu sangue! Bebias sua vida! Acaso, velha endemoniada, pensas que eu ignorava tua fúria? Pensas que não sei como o sugavas para teu prazer, quando te largavas com ele para os cochos?

Juliana parou a oração.

Eu a via ajoelhada a meus pés, e aquela humildade impedia-me de atacá-la como queria. Tremia ela muito, e seus olhos cinzentos fitavam-me crescidos d'água, penosos.

Um momento, e ela soprou:

— Respeita ao morto!

Morto! A palavra doeu-me, foi feita golpe de espada. Deixei que Juliana prosseguisse em sua oração. Encolhida, junto de João Maria, caí num abatimento sem fim. Eu morria com meu amante. E assistia à minha morte. Minha alma, solta do corpo, via a cena: Juliana rezando alto, a cabana estalando sob o vento que entrara a soprar, e João Maria de olhos escancarados, a boca úmida de vinho, posto ali, porém fora de meu alcance, de mim vingado, ai! Em sua triste vitória sobre nós.

XXXIV

Quando me vi desprendida e comprendi que eram despojos aquela carne, e eram coisas aqueles olhos, que o pálido vulto em cuja boca o vinho dizia de sua alegre vida passada, existência que por ser presa à minha o duro exílio abreviara, quando me vi desprendida, deixei Juliana tomar para si aquele bambo corpo que antes tanto amara. Foi ela quem fechou os olhos a iluminarem ainda o morto; eram eles vitrais refletindo a luz em desolado templo. Lavou-lhe a aia também o vinho, fechou-lhe a poder de amarras a boca aflita. A cabana conteve a última nudez do homem, humilhado em sua morte, flácido, suas partes vergonhosas amesquinhadas e sem valor, frágil, magro, todo consumido já, como se negando ao mundo, a quem legaria, enfim, um mínimo de si.

Olhava-o e me espantava por ter morrido de penas de ciúmes e deixar que Juliana possuísse agora, de certa maneira, aquele corpo meu, tão meu!

Em peles várias enrolou-o a ama, e todo ele desapareceu sob a dura coberta. Feito isso, disse-me:

— Devemos mandá-lo ao mar, para livrar-se da ilha. Era seu desejo.

— E te disse ele? Disse-te?

— Sim! — respondeu.

Podia ter doído em mim. Não doeu a revelação.

— Vamo-nos! — E eu a fitei bem nos olhos.

Já vinha chegando a noite quando levamos João Maria. Pesavam mais as grossas peles, quem sabe, que seu corpo. De manhã carregara Joãozinho; agora ao pai levava eu. Segurava a parte que aos pés do morto correspondia. E varamos pelo riacho, volteamos pelo lago, que ouvíamos estalar — seus gelos rebentando, já apontando uma nesga escura d'água —, e chegávamos aos rochedos. Ali pousamos o corpo. Juliana tomou de grossa pedra e a atou com fibras de árvores ao cadáver. Não parecia sofrer a ama. O trabalho a saciava bem. Havíamos trazido João Maria inerte, desmaiado para ali, quando chegara à ilha. A lembrança unia o passado tão fortemente ao presente!

— Coloquemos bem à borda — disse Juliana.

Assim o fizemos.

— Em nome do Pai, do Filho e do Espírito Santo!

— Amém!

— Cuidado para que se não despedace nas rochas. Devemos atirá-lo, não o largar. Vê bem!

Balançamos sobre o abismo aquele invólucro que muito pesava agora. E após ele caiu reto e abriu as águas já negras que, em espumas, se fecharam. Nada, logo depois. Um vagalhão carregou a pouca brancura que ficara e a uniu a si mesmo, tragando-a em sua voragem.

E Juliana disse:

— Vem.

Mas eu respondi:

— Deixa-me só! — E sem maldade.

Voltou a aia.

Apercebi-me de que o tempo corria, de que a noite fechada o rosto me lambia de friagem. Reboavam medonhas as ondas. Eram choques de guerreiros que se despedaçavam, uns aos outros, eram urros de feras morrendo ou vozes tristíssimas de mulheres? O mar trouxera-me João Maria. Levara-o ele de mim. "O bem e o mal dele teriam de vir", eu pressentira horas antes. Levantei-me e, íntima do abismo, o margeei, leve, pelas brenhas.

Adiante saiu a lua, e eu, sempre andando, tinha a cabeça como um muro branco. Lembrei-me, já bem tarde, que deveria volver. O leite escorria de mim, alagava-me o corpo.

Tantas horas deveriam ter passado! Joãozinho teria fome, gritava de fome! Imaginei então a cabana onde nunca mais veria meu amado e tive medo. Chorei como uma criança perdida. Tomei rumo diferente e fugi a esmo, malgrado o pedir de meus seios. Noite confusa aquela, meu padre, noite sem fim! Choravam meus seios por meu filho, porém meus olhos carpiam por meu amante.

XXXV

Não sei quantos dias de mim escaparam. Que fiz eu pela ilha? Saíam, aos poucos, de seus esconderijos os animais. Lembro-me de seus olhos, brasas no escuro; lembro-me de que me ouvia falar alto. Respondia à Dama Verde que zumbia palavras de mofa, mas às vezes ela não estava lá, e eu ainda falava coisas. O Cabeleira com ela disputava.

— Se não querias o corpo de teu macho, por que não mo entregaste? — dizia-me. — Não daria à água a maravilha. Sei onde rebentam já florinhas. Nem com uma flor alegraste a morte dele! Havia um cara-riscada que não fugia de mim. Sua carne era dura como madeira, porém quente e cheirando bem. Mataram-no os companheiros, mas ele não descaiu. Roubei-o para mim, levei-o ao alto do monte, enterrei-o sob o gelo, onde ele se não parecia com os mortos, mas era doce como se dormisse.

Julgo que o Cabeleira atroou, descendo um pouco sobre meu rosto, empalidecendo-me, decerto, com sua luz lívida:

— Mentes! — gritou à Dama Verde. — Fugia-te ele quando vivo. Tu o mataste e o levaste para lá! E te impacientavas por cima do morto. Por mais que o possuísses tu, já não era teu.

E ria e tremia todo, como um reflexo na água.

Havia a lebre que proferiu coisas sensatas, creio eu, a respeito de Joãozinho. Considerava-me o seio crescido, transbordando, e dizia:

— Já vi uma lebre criar certa espécie de feios ratos pelados porque lhe morreram os filhotes e era preciso aproveitar o bom leite. Jamais vi furtarem elas as tetas a seus pequenos!

Tanto mais te conheço, quanto mais me convenço de que ser lebre é pertencer a um povo superior!

Despertei, por fim, sem abrir os olhos, na cabana. Tinha braços e pernas arranhados, a garganta seca e uma dor aguda em ambos os seios. A ama trazia Joãozinho. Quando este encostou a cabeça em meu seio esquerdo, lancei um grito de dor. Desapertava-me as vestes a aia:

— Dá-lhe a mama!

Fiz um violento esforço. Feridas eram as pontas dos seios, abertos como frutos, com seus gomos. Os peitos, tão cheios, pareciam pedras. Joãozinho esbarrou sobre o seio a sua mão. Fechei a boca. Lágrimas queriam saltar. Mas, quando ele puxou o peito com sua voraz boquinha, não resisti: empurrei o menino. Suava frio, tremia de dor, quase desmaiava!

Arrebatou-me Juliana a criança. Joãozinho de ódio se punha negro. Suas mãos agitavam-se, frenéticas. Juliana aconchegou-o a si, acalmando-o com um cantar repisado. Quando Joãozinho estava mais quieto, enquanto o prendia com a esquerda, tomou com a mão direita, junto das provisões, uma cabaça e, sempre cantando, foi vertendo em sua boca, mui vagarosa, a "sopa" que costumávamos tomar. Ao cabo, deitou-o em sua cesta.

— Vais matá-lo com essa sopa imunda de raízes! — disse-lhe sem forças.

— Será melhor que morra com o bandulho bem cheio. Se a mãe o quer matar de fome!

Sentia-me febril. Olhou-me Juliana como ave má, de banda:

— O leite que negaste te sobe e te adoece — disse. — Vou a curar-te. Não por ti, que o não mereces, mas pelo pequeno.

Esquentou ela a água, abriu-me a vestimenta, botou-a quase fervente sobre meus peitos, com energia de homem, deitando sobre mim um pedaço de pano embebido.

— Foge, bruxa! Tu me queimas!

— Agora aqui mando eu, que tenho mais tino e mais força. Anda! Deixa-me tratar-te!

Percebi que a quentura aplacava-me a dor e fui deixando que Juliana, torcendo com suas pretas e descarnadas mãos o pedaço duma sua saia, mergulhando-o na cabaça cheia d'água fumegante, o levasse dúzias de vezes para cobrir meus pobres seios doentes. Mais desafogada, porém febril, deitei-me depois em meu leito. E um sono de chumbo me carregou para negra lonjura.

XXXVI

Padre, será bem difícil narrar como foram aqueles dias. Juliana tratou-me com desvelo. Por vezes, enquanto cuidava de meus pobres seios, recordava-me aquela ama tão carinhosa de outros tempos. Mas, se me tratava sua mão, fechava-se a sua boca para mim, e assim mesmo grunhia de quando em quando, impaciente. O menino à sopa se habituara. Não prosperava tanto; mas era alegre e, pela manhã, quando o sol destacava cada lenho da cabana, entrando pelas frinchas, e o verdadeiro pássaro da primavera lançava seu agudo canto, Joãozinho parava seus balbucios, metia os dedinhos na boca, e seus olhos rodavam à procura do lugar de onde viria a música. Quando suportei que me sugasse ele o dorido seio, largou-o logo, para espanto meu:

— Então já te não sabe bem a boa maminha? Que ingrato! E eu que ainda sinto tanta dor!

Insisti com festas; pus-me até a cantar, mesmo de coração partido, como estava. Mas meu filhinho me repelia. Parecia um castigo. Ai, era bem este o filho de João Maria! Já sabia ser duro, pensava eu.

Quando a criança largou pela segunda vez o peito e abriu suas mãozinhas trementes para o ar, em choro tão irado, Juliana caminhou atenta para nós, fitou a cena e me considerou o seio que minguara:

— A ver — disse. E apalpou o peito. — Já secaste! — exclamou com aspereza.

— Não poderá ser! — respondi. — Ainda há tão pouco tempo rebentava-me de dores, com os peitos tão cheios!

A ama tomou-me Joãozinho. Tirou uma pedra que agora sempre aquecida no braseiro trazia, mergulhou-a na sopa, amornando-a assim. E saciou-se o menino naquela ruim mistura.

Quando compreendi que perdera o leite como verdadeira pena de Deus, por dele ter privado Joãozinho, fiquei muito cuidadosa com a saúde de meu filho e coberta de vergonha diante de Juliana, que se aproveitou de meu estado de alma para agarrar o pequeno.

Não me falava, pois eu já estava curada. Divertia-se em conversar com Joãozinho. Contava coisas muito passadas, de quando era mocinha e habitava com seus pais. Parece que se empenhava em dizer do tempo em que eu não tomara parte; e assim se alegrava com o pequeno, fingindo que ele entendia. Um dia, trouxe ela para Joãozinho uma veadinha parida de pouco, que encontrara num desvão de rocha. Fiz-lhe eu, do lado de fora, uma cama de folhas secas. Mas o menino não quis o leite. Vomitava-o, por ser novo demais, e talvez meio salgado, pois que o provei. Quando Juliana compreendeu que o animal não era de nenhuma utilidade, sangrou-o com a afiada espada de João Maria. E, dizendo que também de nada valia o filho, matou-o da mesma forma. A carne do bichinho era muito saborosa; por uns dias passamos à carne fresca. Isso aprumou meu corpo. Sentia a aia necessária e não mais a expulsava. Mas enciumava-me com ela por Joãozinho, que sorria mais para Juliana e provocava-a com sua fala enrolada. Às vezes, tirava-o bruscamente de seu colo.

Principiei a sentir que Joãozinho perdia peso. E logo o menino se pôs doente; suas fezes eram verdes. Juliana correu a ilha em busca de uma planta e afinal com ela veio, preparou-lhe a tisana. Logo ficou bom o menino.

— De onde é a planta? — perguntei a Juliana.

Ela encolheu os ombros, não respondeu, e eu não insisti, por orgulhosa.

Sentia-se o bom tempo chegando; a aproximação dos melhores dias da primavera modificava a ilha, que vivia, bulia toda, nas árvores, no céu, no voo dos pássaros e mesmo no chão, com os verdes e fortes brotos. E toda essa mudança era como nave veloz que me carregasse de João Maria. O tempo arrastava-me, e ele, parado, ia ficando em seu abismo, lá atrás.

Então, numa noite, a esquiva lebre apareceu mais gorda e ditosa. Senti a cabana estremecer e abri os olhos. Clareava-nos luz incerta. Percebi o Cabeleira nos estudando de um canto do teto. O seu pequeno luar iluminava o Filho.

— Vai-te embora — disse baixo a lebre, porém com energia, à aparição. E esta, parece, a obedeceu. Ficamos todos no escuro; a ama respirava alto. Joãozinho, calmo, dormia em sua cesta. Filho saltou invisível para junto de mim. Seu cheiro impregnou meu olfato. E eu disse, antes que ele comigo falasse:

— Como te arranjas para que ele te obedeça?

— Respeita-me — soprou a lebre. — É o Cabeleira apenas um espírito. E bastante defeituoso. Eu tenho espírito e corpo perfeitos.

— E como a mim ele me assusta tanto?

Rompeu o troc-troc. Após, a falazinha estralou, como se mastigasse nozes:

— Mas tu não és perfeita, Barriga de Peixe. Nem leite para teu filhote tens mais. Não te impunhas a teu macho e hoje...

O calor da lebre tocava meu rosto. Mais alguns irritantes troc-trocs.

— ... e hoje perdes tua cria para a velha. Isso seria impossível para qualquer lebre-mãe.

— Tu és muito sem experiência, apesar dos ensinamentos de Polo. Em nosso povo, as mães têm ajudantes.

— Não digo que não. Não conheço o teu povo. Isso não deve dar resultado. Mas Polo viu muitos machos da tua raça de cara branca e os conhece bem. Enchiam barcos de peixe, como estúpidos. Eles jamais dariam conta de tanta comida. Polo devorou peixes até ficar com a barriga estufada, dura como pedra.

— Tu não sabes o que dizes — falei, emocionada, baixinho.
— Até o dia de hoje só tenho dito coisas proveitosas.
Ri-me tapando a boca e trocei:
— És um bichinho vaidoso.
Ele rilhou fortemente os dentes, mastigou furioso. Subitamente o cheiro de Filho se dissolveu no ar. Seu bafo também não mais aquecia meu rosto. Voltei-me em minhas folhas e peles. A criança chorou uns instantes, aquietou-se. Quando a manhã nos buscava em nossos leitos, vi Juliana levantar-se e tomar o pequeno da cesta. Estava eu amolentada, mas reagi, pus-me de pé.
— Que fazes?
A ama calou-se.
— Pergunto-te o que fazes.
— Dou-lhe de comer e o levo a tomar o sol da manhã — respondeu Juliana sem pôr os olhos em mim.
— Isso farei eu — disse-lhe bem alto. — O pequeno é meu; entendes? Meu!

XXXVII

A compreender estais, padre, que eu trocara os zelos de João Maria pelos de Joãozinho, e em cegueira de alma. Era disputa feroz e quase silenciosa, aquela, entre mim e Juliana. A aia pouco falava, porém, às tantas, quando lhe tirava eu o menino, ela fazia um quase rosnar de fera. Espantei-me da primeira vez, com aquele marulho de água fervente, oculta. Mas tornou Juliana muitas vezes a essa maneira de exprimir desagrado. Santo Deus! Não sabia eu ainda que também caminhava para aquele ponto. A raiva acumulava-se em nós, uma raiva que se emprego lhe déssemos poderia mover moinhos, desencadeada como o vento. Mas essa força só era gasta em olhares de ódio, em pequenos empurrões, em dar de ombros. Percebi que Juliana amava agora Joãozinho, com paixão. E, para mortificá-la, eu o tomava dela. Um dia, vindas não sei de onde, umas ariscas lebres pela cabana passaram. A ama vai, busca o pequeno em sua cesta. Seu rosto, encolhido, se abre num sorriso. E leva-o à porta, apontando para os bichinhos que saltam alegres. Custou a ver aquilo, Joãozinho; por fim reparou nas contentes lebrezinhas e todo se agitou, escancarando olhos e boca, na ânsia de admirá-las. Metendo a cabeça pela janelinha, eu observava a cena; quando percebi que Joãozinho houvera perdido de vista os animais, corri a buscá-lo, com dureza.

Já me não vinha o sono como dantes. Acordada, ficava a imaginar toda aquela longa e proveitosa companhia que a ama desfrutara com meu amante. Punha-me a pensar que talvez as donzelas, por intocadas, conservassem belos os corpos, até velhas. Deu-me vontade de ver os seios de Juliana: "São dois piquitos de neve, com pingos de negro sangue". Talvez João Maria houvesse colhido uma flor menos murcha do que ela aparentava. Quem poderia afirmar que o corpo de Juliana fosse tão vil e áspero quanto a sua face? A esperteza da aia, seu andar firme de moça, sua saúde não indicariam serem perfeitas ainda suas formas, longe de atingidas pela decadência?

Perturbada me fez esse pensar. Sempre se arranjava a ama para que eu não lhe visse o corpo, apesar de nossa estreita vida na cabana.

Em tal noite crescia-me o desejo de conhecer se era velho o seu corpo ou se era novo demais para o enrugado rosto. Não venci a tentação. Arrastei-me, vagarosa, para Juliana. Já estava bem rente a ela. A noite era clara; a luz azulada pelas frinchas alumiava fracamente a cabana. O tempo esquentara tanto que a aia abrira a janelinha. Era cruzada de fibras fortes a abertura. Sua mancha de luz feria o alto de minha cama. Quando, palpitante, levava a mão à gola da aia, e a saliva me enchia a boca, Juliana largou medonho grito e me apanhou com fúria, pelos ombros.

— Queres matar-me, louca? — perguntou, subjugando-me.

Tive medo da sua força. Sentia-me fraca, empolgada por suas mãos.

— Juro que não queria matar-te — disse-lhe. — Nada tenho nas mãos...

Largou-me Juliana. E eu ouvi o seu grunhir de animal feroz.

Quando me vi livre, e já me não doíam os ombros, investi desesperada:

— Conta-me de vez. Que houve entre ti e João Maria?

E as minhas palavras cortavam o ar, como cuspidas.

Aí, meu padre, Juliana usou de sua vil arma. Deitou-se e emudeceu.

Mas eu voltei:

— Conta-me, Juliana. Para que se faça a paz entre nós! Perdoo-te de avanço. Mas devo saber.

Nem ao menos pigarreou ou lançou ao ar aquela fervura de raiva.

— Fala, mulher, fala! — eu gritei.

O silêncio, ainda. E meu coração estourou na boca:

— Tens pejo de confessar? Tu que dizias proteger-me e pregavas a virtude? Tu a quem eu quis como a uma mãe? Confessa, porque teu silêncio é maior acusação para tua culpa.

Juliana de repente se pôs de pé. Eu assim estava. Esperei por suas palavras, mas a ama, hesitando ainda um instante, passou junto, caminhou para a porta, abriu-a e saiu com violência.

XXXVIII

Fiquei à porta esperando por Juliana. Passou a manhã tão azul que me ofendia a vista. E o sol foi para o meio-dia, depois descambou. Quando as aves já se escondiam para dormir, o vulto da aia ladeou o riacho. E resolutamente ela quis entrar, depois, como se nada houvera acontecido. Mas eu lhe impedi a passagem:

— Não fiquemos assim — disse-lhe com voz sufocada. — Juro-te por Joãozinho... — e senti o rubor na face — que apenas quero saber a verdade. Nenhum mal farei. É pior essa incerteza do que tudo. Oh, aia, então não compreendes?

Sua boca se descerrou, por fim:

— Filha de Deus — disse —, não me persigas mais!

Mas eu a envolvi com palavras mais mansas e cuidadosas:

— Se houve, entre ti e João Maria, um ou mais encontros maliciosos, estou certa de que te não coube a culpa. Bem sabia eu de seu passado e que artes punha em seduzir mulheres...

Ela começou o seu espantoso rosnar. Após, forçou novamente a porta e, como eu a enfrentasse com firmeza, exclamou:

— Tu queres! Ah, tu queres que eu diga que dormi com o senhor João Maria! Chamaste-me de bruxa... e dizes agora que me não caberia a culpa. Ora, vamos! Deixa-me entrar. Somos as duas únicas neste mundo vazio. Não te ponhas contra mim, que sairás perdendo. Aviso-te!

E me empurrou para dentro. Meus braços cederam, doloridos, e minha raiva subiu:

— Covarde! Tu que dizes que não tens medo, tens medo da verdade! Como se te escondesses de Deus! Mas, pelo demônio, por todo o fogo do inferno, confessa, mulher!

Deu-me ela as costas, olhando, parece, Joãozinho ou fingindo olhá-lo. Cuidei que caísse no seu silêncio de sempre. Não. Voltou-se irada, sacudindo os cabelos que pareciam postos também em cólera:

— Com que direito me fazes essas perguntas? Que santo te assiste? Se me houvera dado ao senhor João Maria, houvera pecado menos do que tu, que não sou mulher casada nem ele casado foi.

— Queres dizer, então, que com ele lá pelos cochos... — Minha voz quase se quebrava, saía a custo.

— Não disse! Mas tu queres que eu diga! Tu queres tentar-me!

E vi que Juliana a um canto se sentava, como a ponto de chorar de desespero. Essa repentina fraqueza pareceu-me mais uma prova de sua traição. Sentei-me também e murmurei:

— Pelo bem que me quiseste, quando eu era pequenina... Porque me quiseste bem! Dize e estará acabado!

Aí vi a forte Juliana estremecer, levar as mãos ao rosto e deixar tombar a voz:

— Fui!

Dizem que não dói o coração, que os amantes inventam isso para expressar um sofrimento de alma. Mas meu coração doeu! Doeu tanto que minha mão se fechou sobre ele. Doeu como se o ferissem, como se o apertassem. E me disse para mim mesma: "Agora nada mais dirás. Lembra-te do juramento sobre Joãozinho!".

A ama ficou uns momentos com o rosto coberto. Depois, os soluços rebentaram. Aquela mulher, valente como um homem, chorava tal um menino chicoteado pelo pai: aos arrancos, como se mal pudesse respirar. Deixei-a derramar seu pranto, enquanto imaginava que bem a poderia espetar com a espada, quando dormisse. Mas a ideia repugnou-me logo, porque deveria saber mais, muito mais:

— Foi quando eu estava a ponto de parir... Tu eras virgem ou nos enganavas em casa?

Então Juliana de novo grunhiu, cheia de raiva:

— Fazes-me louca! Estás louca e me fazes louca! Jamais me tocou o senhor João Maria, mas tu queres que eu minta... Tu queres que eu negue minha virgindade. Tu me queres rebaixada, e eu te fiz a vontade! Mas menti!

Com essas palavras de Juliana, esqueci o juramento:

— Velha desgraçada! Mentes, mas agora quando pretendes desfazer tua própria palavra. E eras tu que me ensinavas o valor da palavra!

A criança rompeu a chorar.

Aquilo fez com que eu estancasse um tempo o tropel de meus rigores. Juliana também ficou atenta. Joãozinho entrou a chorar mais fraco e se embalava com seus queixumes. Depois gemeu debilmente e, por fim, dormiu.

A aia aproveitou-se da queda de minha cólera:

— Escuta, Margarida...

Ai, tão longe era o tempo em que ela me havia falado assim!

— Escuta, Margarida... não... firma-te em paciência; e, por Deus, ouve-me!

Eu derrubei:

— Já ouvi. Agora... que te cales. Não gostavas tu tanto do silêncio? Pois volta a ele.

— Margarida — tornou ela —, olha para tudo que aqui temos. Tudo conta do trabalho... do trabalho do senhor João Maria e de minha ajuda. Pouco fizeste, e não te repreendíamos, que eras fraca e delicada. Mas o mal, os apuros que causaste ao homem? E agora, que só me tens a mim, que mal me causas, Margarida! Que doença pior que a peste é essa tua aflição de ideias!

As acusações saíram-me como um vômito:

— Não voltes atrás, que me desesperas! Então não vês que é tarde demais para esse teu carinho? Que pari em abandono, que nunca me deste um longe de sorriso, para que em ti houvesse ao menos um distante fingir de mãe?

Acostumei-me com essa tua maneira de fera, sim, de animal da ilha.

Ela rosnou:

— E tu andarás muito longe disso? Olha tua sombra nas águas do lago...

Apanhei a sua mão, que à toa se encostava a meu corpo, e a empurrei como se expulsasse uma nojenta aranha:

— Velha, triste velha desgraçada! Ainda pretendes magoar-me por meu natural estado descuidoso? Mas tu não me poderás magoar, entendeste? Meu pensamento te envolve de desprezo, te derruba de desprezo. Não te faço mal. Mas te atiro o mal do meu coração. Não há quem possa ser mais vil que tu, porque, em tua idade, já não careces mais de homem, mas tu o quiseste não por amor nem por desejo, mas por ruindade, por abominação; tentou-te não o amante, mas a traição; e tu me expulsaste de tua vida, destruíste um passado inteiro. Foi este o teu gozo, quando, imunda velha...

As palavras saltavam de mim como se as parisse a minha boca. Eram a minha natureza, porém não eram a minha vontade.

— Cala-te! — gritou por fim Juliana. — Pela senhora Margarida, a quem te votaram teus pais, para! Sou donzela! — Minha boca riu alto; era um riso de demônio, com chamas de inferno. — Não rias!

Juliana gritou. E repetiu a negação uma, duas, três vezes, enquanto meu riso desmaiava, doendo e morrendo na garganta.

Foi o fim da luta, aquela dor depois da gargalhada. Ficamos ausentes de nós mesmas. Joãozinho chorou. Primeiro, doridamente, depois aos gritos.

Saí do fundo de um mar de torvos pensamentos e, embalando Joãozinho, que cada vez chorava mais forte, vi que Juliana arrastava seus passos em direção à porta. Tirei o menino de sua cesta e disse sem olhar para Juliana:

— Parece que lhe dói o ventre, a Joãozinho. Traze as folhas para a tisana!

Ela se voltou, encarou-me:

— Quero-te ver bem. Quero saber antes... se é um demônio aquilo que eu criei.

O menino punha-me socos nos peitos e no ventre, enquanto se debatia, aos gritos.

— Não queres ir? Então, dize-me onde colhes...

Não dava ordens à aia, antes pedia. A mudança não me trazia pejo. Eu me apressava:

— Toma Joãozinho; agora, conta-me. É ali ao pé do morro, depois dos cochos?

Mas Juliana, trôpega, de súbito, lançou sua fala envelhecida:

— Arranja-te sem mim. Arranja-te.

XXXIX

Juliana tornou a sair. E não sei que espécie de abismo eu senti sob meus pés.

 À falta da tisana, cuidei com panos aquecidos, como a meus seios tratara Juliana, do ventre de meu filho. Isso ia diminuindo o seu padecimento. Sua pequena fronte, onde os negros cabelos nasciam retos, mostrava gotas de suor. Sentia-o cansado e vi que o bom sono cobriria o termo de suas dores. Quando, com a pequena mão à boca, dormia tranquilo, enfim eu me disse que aquela cólica poderia voltar e me propus a procurar a erva. Vinha-me sempre a ideia de que vira uma touceira daquelas plantas ao pé do monte mais próximo. Disse-me: "Se acordar, acordou. Vale mais que o socorra com a mezinha que ficar plantada, olhando-o dormir. Tenho que me aviar, porque Juliana não me auxiliará. E é melhor assim. Seja meu o meu filho".

 Fechei a janelinha, puxei a porta atrás de mim e corri na direção de onde julgava existir a planta. Logo avistei a touceira, tufada, com as longas folhas finas e azuladas. Contente, aproximei-me. Eram parecidas às que Juliana colhera. Não eram iguais, porém. O acontecido desapontou-me. Contudo, raciocinei: "Talvez façam o mesmo efeito. Se não encontrar das outras, ferverei o chá com estas".

 E arranquei uma planta, com suas raízes.

 Como estivesse em altura, vi para o lado do areal o vulto de Juliana, manchando de negro a claridade verde da terra. Fui para ela. Sentava-se sobre uma pedra. Parecia uma estátua terrível e infernal, cortada em asperezas. Cheguei-me e disse:

— Dize-me onde achaste a planta. Esta não serve, pois não?

Olhou-me, tremendo, tremendo, mastigando. Conheci duas voltas brancas cercando seus olhos. Olhava-me feito um velho cão feroz.

E Juliana guardou silêncio.

— Julgas que essas folhas não têm serventia? Cuidas que farão mal?

— Vai-te! — E acrescentou: — Não me confiaste o menino. Toca-te agora tratá-lo.

De novo, a sorte de escuro abismo chamou meus pés. Senti uma negra vertigem riscando a claridade. E falei:

— Ele pode morrer!

Então entendi a mim mesma, afinal.

A aia pareceu receber um aviso, uma mensagem. Espertou-se. Tremendo, mas já em desafio, crescendo de força, ameaçou:

— Também eu posso morrer! Como o senhor João Maria!

O apelo queria minha pessoa para o precipício. Mas eu desafiei o medo, que me arrastava:

— Que m'importa tua morte depois do que fizeste?

Juliana se pôs de pé. Eu a acompanhei. Ela rosnou. E, após, gritou-me na face:

— Sobram-te espaços! Larga-me, criatura!

Mas não tomou o caminho da cabana. Imaginei que, enfim, seu carinho pelo menino a houvera vencido, que colhesse a planta, e a vigiei. Mas Juliana caminhava ligeiro. Já não arrastava os pés. O ódio a impelia, como o vento a uma vela. Pensei que fora melhor deixá-la, que então a ama voltasse pelo menino, tratando-o afanosa, com suas mezinhas, pois sempre de servir fora a natureza de Juliana.

Admirei-me quando, sem nem sequer voltar para trás, ela caminhou para junto do lago.

"Deixo-a, pensei. Joãozinho..."

"Ai, fundo abismo que me acenas, por que me prendes tu?"

E lá ia Juliana. E, súbito, soltei-me e corri, varei os marinhos, cortei-me em galhos, quase sem desviar-me:

— Juliana! Juliana! — A aia não volvia o rosto, sempre andando; porém agora ia mais lenta. — Juliana!

Ela parou.

Uma golfada quente alagava-me a boca. Batia-me o coração tão forte, que eu estremecia.

— Que fazes, Juliana? — perguntei.

— O que... te não importa.

Chamava-me a voz do demônio, ao fundo, bem ao fundo do despenhadeiro. Ai, quem fugiria, senhora Margarida, quem saberia fugir?

Juliana queria provar-me:

— Por que vieste? Por que vieste? Para levar minha alma à danação? Por que corres atrás de mim?

Onde estaria, meu padre, o invisível espírito maligno? Ao fim do abismo — no inferno?

E eu disse a Juliana as palavras que me eram sopradas lá do chão, do precipício de um mal medonho:

— Pensas que me assustas? Por mim, faze o que te apraz. Mas por Joãozinho não te deixo... É preciso que me ensines! — Minha fala se tornou a de uma menina: — É preciso que me ensines!

Agarrei Juliana e, por um instante, a possuí quente de ódio, a saliva a escorrer-lhe da boca. A ama de repente estalou-se ao vento, sobre o rochedo, os cabelos alvoroçados, bulindo como uma flâmula em combate. E mais, e mais... andava, e mais, ainda.

Eu ficara imóvel. Enraivecia-me a sua vingança. Não disse sequer: "Não, Juliana!". Mas simplesmente esperei. Que fazia a ama? Andava agora pelas rochas. Sim, chegara ao lugar... aquele mesmo lugar de onde atiráramos o corpo de João Maria. Que sentido possuía essa procura? Então era esta a sua última palavra? Ela o buscava?

O apelo do inferno cessara. Eu a via! Se Juliana esperou que eu a detivesse, que lhe suplicasse, não saberei, meu padre. Sei que se voltou, uma vez só. Depois, com um grito medonho, desapareceu. Puxei por mim e vi-me à beira do mar. Havia um trapo de sua manta de peles agarrado ao penhasco. E lá embaixo... A morte? A vida? Sim, a vida das águas em fervura branca, suas vozes desesperadas recitando todas as rezas do demônio — aquela infame ladainha, torpe ladainha sem começo nem fim.

XL

"Não doeu", pensei. Há muito que odiava Juliana. A misericórdia do pranto pelos mortos de Deus não a teve a aia. Fiquei desesperada por seu modo de vingança. Deixava-me com Joãozinho doente e carregava seu perverso segredo, seu estúpido e monstruoso segredo. Pois que com ele aos infernos descesse. Por mim, estava livre de sua malvada presença. E, quanto a umas miseráveis folhas, não deveria ter cuidado. Na verdade, talvez nem fosse aquela mezinha que houvera curado o pequeno. Toda criança tem cólicas. Se lhes dão chás, passam mais ligeiro, se não lhes dão, passam com mais vagar. Mas essas dores não matam, são tão naturais, quase, como o primeiro vagido. Cheguei à cabana pensando: "Só eu e ele; só eu e o filho de João Maria".

Estava a criança dormindo, tão quietinha. Aproximei-me e a pesei com meu olhar. Havia chegado ao mundo e me possuíra só a mim, de começo, para cuidá-la. E agora estávamos os dois, e para ela eu pendia; o que prende os povos ao mundo são os filhos, que alongam a vida de cada um. É a cadeia que vai de passado a futuro. Tornara-me a vida, sem o amor de meu amante e o ódio de Juliana, uma vida essencial. Tudo caíra, como as pétalas duma flor amolecida, mas a semente ali estava.

Já vos falei, meu padre, como era a cabana. Contei sobre o grande osso que João Maria trouxera do areal e nos servia de banco. Sentei-me nele, em lugar de me estender ao leito. No braseiro, aquecida, ficava a pedra, para amornar a sopa de Joãozinho. Esperei que o pequeno acordasse, muito tempo.

Depois, entrei a dormitar. E, cada vez que minha cabeça pendia, era como se eu escorregasse para as profundezas. Assustava-me. Mas em breve lá vinha o torpor. E, entre acordada e dormindo, vi-me na aldeia, em visita a uma pobre mulher que uma ferida maligna consumia. Eu estava à soleira, com minha bondosa mãe, que ali ia de caridade, e a doente chamava e dizia que entrássemos. Mas eu mal tinha coragem de aproximar-me. Um cheiro intenso se espalhava pelo miserável quarto. Dizia-me: vence-te, vence-te, não dês a perceber que te enojas! Fazia um esforço terrível... Minha cabeça deslizou novamente. Aprumei-me e senti aquele cheiro de podridão. Estou tão longe, pensei, e a memória ainda representa como se de ontem copiasse! Porém, ao levantar-me, imaginei que algo apodrecera. Frutos, talvez, ou um naco de carne mal salgada.

Mas era um vantajoso engano de alma. O mais fácil eu não queria aceitar. O menino se desmanchava em fezes que já vinham podres! E queimava de febres. Limpei-o com água morna, e ele era fraco, sem forças. Fazia uma caretinha de choro, mas não chorava.

"Nada acontecerá de mal. Joãozinho ficará forte. A bruxa... não..."

Em meu transtorno, não sabia se devia ou não dar o chá com as plantas que colhera. Por fim, resolvi-me, fiz a mezinha e a despejei pela boca do menino. Passei toda a noite a asseá-lo. Sempre aquele cheiro, como de ferida aberta. De manhã, estava melhor. A quentura da febre vinha caindo. Ao lado de sua cesta, peguei no sono, segurando sua mão. Ainda entre os dedos a tinha quando acordei.

Era já a manhã, mais uma, de meu exílio. Era já o lavar das luzes estiradas pelos recantos da cabana.

"Meu filho está salvo!", disse-me. "Graças, graças, meu Deus."

Abriu ele seus olhinhos magoados, molhados da pena de seu sofrimento, como um homenzinho que se compadecesse por seu próprio infortúnio. E ensaiou uma sua misteriosa conversa.

Dei-lhe mais uma vez a tomar o chá.

Mas, com o dia crescendo, a febre voltou, e, pela noite, Joãozinho escaldava. Sua quentura me vinha. Nem eu havia ainda levado a mão à sua testa, e o calor já em mim se punha.

"Que farei, que farei para baixar essa febre maldita?", perguntava-me. "Porque do ventre já está melhorado, bem melhorado." Lembrei-me que uns banhos fariam bem. Aqueci a água na cuia maior. Ao descobrir seu corpo, vi que Joãozinho estremecia; pernas juntas, braços juntos. Eu era todo o socorro, toda a ajuda que o inocente podia ter. E fui forte. Eu o lavei e o aqueci com mantas, e esperei, rezando à senhora Margarida.

Cuidei que a febre descera; e era verdade. Para a madrugada, Joãozinho já tinha o calor igual ao meu. Horas depois, vi que estava branqueando. Seu narizinho se punha apertado, de cada canto. Pela maneira de estender juntas e encolher as pernas, vi que eram os puxos. Que dor sentia o pobrezinho!

"Castigai-me, Deus, meu Pai. Mas não a ele, não a ele, que é inocente e não conhece o mal! Tudo suporto, não há sofrimento nem ferida em mim que me apoquente mais. Poupai meu filhinho, meu Deus! Meu filhinho que tão pobre nasceu, tão humilde veio, como o Menino Jesus!"

E súbito pensei em Juliana: "Só o poderás batizar se estiver em perigo de vida!".

Sim, eu o batizaria, e ele ficaria bom. Quantas crianças são batizadas assim e vingam, após!

Tomei-o, chorando, em meus braços. "Meu filhinho, amor de minha vida, pedaço de mim mesma; meu filhinho, fica bom! Olha, eu te passo a mão pelo ventre, e te vai a dor!"

Estava largadinho, sem forças, era um boneco de pano em meus braços. E eu o animava, queria exaltá-lo com meus apelos. Quando estava nessa aflição, a criancinha fez mais um jeito de chorar. Era a dor que a sacudia. E ficou mais pálida, suando, e o nariz arroxeava aos cantos, e por cima era sem sangue, todo branco.

"Não posso perder tempo." Tomei com a mão esquerda um pouco d'água e com ela molhei a cabeça do menino:

— Eu te batizo, João, em nome do Pai... — e as lágrimas entravam por minha boca... —, em nome do Pai, do Filho... e do Espírito Santo!

Beijei-o, beijei-o muito. Já não era o bastardozinho pagão. Era um anjo de Nosso Senhor. Um anjo... o meu anjinho.

XLI

O grande poder do batismo parecia ter livrado meu filho do perigo da morte. Descambou a doença. Dei-lhe o chá algumas vezes, mas compreendi que a criança precisava de um mais forte alimento. Tomou a sopa mui devagar, já não era o menino guloso e atrevido. Três dias após o último feito de Juliana — pude alimentar-me melhor, também, com carnes secas. Mas não dormia, apesar de que bem dormisse Joãozinho. Sempre aquela boca do inferno, o chamado de um vale de sombras e terror, posto a meus pés. Quase senti alívio quando dei com Filho mastigando, embuçado em seu próprio pelo, a um canto, encorujado.

— Polo teve razão quando me afirmou que aqui não durariam muito. Foi-se o grande macho, foi-se a velha. E teu filhote está bem mal. Não há povo como o teu que por cá fique muito tempo.

Malgrado sua maldade, pus-me a ter grande afeição à lebre:

— Filho... por que me persegues? Por que não és meu amigo? Que queres de mim? Alimento? Estou tão cansada! Busca por aí se te valem as frutas secas.

— Já apanhei — disse, mastigando, e assim ficou.

— Tu nunca fizeste isso... Nem ao cocho tocaste... Pedias sempre.

A lebre riu. Vi-a tremer, tremer de riso.

— Tenho que te ajudar a dar conta das provisões. Com o calor, elas vão apodrecer. E, antes que apodreçam, será melhor que as aproveite. Eu não furto, ajudo.

O troc-troc se fez alto. Ouvi a lebre engolir com força. Depois, juntou as patinhas à boca. Sua sombra parecia a de uma velha que rezasse e beijasse o terço. Bocejava, talvez, ou talvez limpasse o focinho, que brilhava de quando em quando no escuro, como um toque de verniz.

— Quem ficará com tua toca? Por mim, estaria feita a escolha. Dava-a às lebres, antes de partir. Calculo que aqui bem caberiam umas cinquenta. Mas os espíritos disputarão por tua casa. Eles não aceitam facilmente a nossa superioridade.

— Não me importa esta conversa sem inteligência. E onde me poria eu?

A lebre deu três saltos. Estava junto de Joãozinho e não fazia ruído. Logo voltou:

— Onde te porias tu? Ai, isso é que não sei. Mas assim como os outros se foram... deverás ir. Teus iguais são bichos que se repetem sempre. Se um cara-riscada corria, outro cara-riscada corria também. Vieram juntos e juntos partiram. Parece que o teu pequeno povo não foge; é ele todo de morrer. Estou estudando isso com Polo.

Eu tinha a cabeça em fogo.

— Viste Juliana... cair?

A voz de Filho riscou, como uma pedra por outra:

— Não vi. Mas Polo a viu hoje mesmo, logo que o sol brilhou. Ele descia sobre a ponta duma onda, e ela estava lá, sem rosto, comida de peixe. Polo disse... — e a lebre fez uma pausa — que seus cabelos se tornaram cobrinhas-d'água. Estavam perfeitos e se moviam. Suas pernas, dez vezes mais fortes que as tuas, pareciam peladas e lisas. Polo viu!

Sentei-me ao leito e supliquei:

— Não me atormentes, meu bichinho. És a única conversa que possuo. Põe-te bom; não me atormentes.

A lebre baixou as orelhas com ar modesto.

— Pensei que te agradasse, dando notícias. E sou bom, sim. Ponho-me contra o Cabeleira quando ele te quer possuir.

Dei minha primeira risada naqueles dias de doença de Joãozinho.

— O Cabeleira... queria possuir-me?

A lebre irritou-se. Não mastigou. Destruiu palavras, como se quebrasse nozes. Depois desses confusos ruídos, procurou conter-se e explicou:

— Não possuir... como um macho a uma fêmea, cabeça de pouco alcance! Mas como um espírito a um corpo! Não vês que ele não tem corpo? Bem que fazes, não dormindo, porque ele em ti poderia habitar.

"Ai, chamado do inferno, que pelo escuro rompes! Para tua maldita voz!"

Levantei-me, apanhei meu filho no berço. Respirava forte. Munida da força de meu amor, enfrentei a lebre:

— Qual é teu fim e para que me queres?

Ela espiava de lado, com azedume:

— Terás que te haver agora com eles — segredou-me.

— Por quê? Que me farão?

Minhas palavras finas faziam Joãozinho tremer, mesmo dormindo.

— Lutarão por ti. Quererá o Cabeleira o teu corpo... E a Dama Verde, esta, a tua cabeça, que pouco vale, mas... é bem melhor que o seu nevoeiro.

Baixei meu rosto sobre a face de meu filho; terna, delicada união! E passeava pela cabana. Meus olhos secos ardiam, eram luzes no escuro. A lebre já não mais se achava na casa. Mas, enquanto andava, tropeçava eu em formas vagas, que se encostavam em mim como cães, seguindo-me. Comecei a gritar e a dar passos violentos, e aquelas indescritíveis presenças caminhavam comigo, iguais a sombras que tomassem corpo. Andei toda a noite, e o meu menino era bom em meus braços, doce e manso, enquanto pelo chão me estorvavam as coisas. A alva veio com uma música. Não era a de um pássaro. Alguém empurrava a porta. Teria eu me esquecido de fechá-la? Era o vento ou se abria de si mesma? Pela abertura passou uma cegueira de luz.

XLII

Com Joãozinho nos braços, cheguei à porta. Sentia-me um pouco livre. Cortei a crueza da luz; tudo estava tão fresco e contente, da terra ao céu! Ao fim da vista, riscava uma briosa malta de cervos, aos saltos, num ponto onde se estreitava o riacho. Voejavam pássaros brancos, e os azuis andavam em frente da cabana, alegres, pelo chão. Meu filho estava bem. Nem se sujara naquela noite. Olhava eu tudo, como se meu olhar pudesse dar a Joãozinho o que este ainda não podia ver.

E ela trotou, subitamente, marginando as águas do regato, toda verde, os pelos, ou musgos, agitando-se ao sol. Vinha a Dama Verde expelindo seu canto. O nevoeiro arrumado plantava-se sobre seus ombros redondos, de menina, como o fruto recém-aberto da paineira. E caminhou para mim, cantando, cantando, e seus braços e pernas eram canto. Dizia muito a sua mão que se elevava, colhendo invisíveis frutos e acenando. Suas mãos eram toda a sua pessoa. Chegou-se, estendeu os braços para Joãozinho. Quando o menino nascera, ela havia mostrado assim o seu agrado. Talvez vos lembreis, meu padre?

Ri-me, não sei com que sorte de comoção.

— Ele está limpinho — disse eu, como se não conversasse com um duende.

Do nevoeiro partiu a voz que zumbia:

— Sim! Está limpinho e lindo. Vamos levá-lo para o alto do monte? Ficará sempre limpinho.

Cessou a fala da Dama Verde. E cobriu suas palavras, borrando de escuro a luz — o chamado lá dos confins áridos da nação da morte:

— Vinde! Vinde!

— Por que falas comigo? — perguntei à Dama Verde. — Não podes comerciar com pessoas como eu. És um espírito. Arrependo-me de te ter dirigido a conversa.

A Dama Verde escavou o solo, impaciente, e cantou; não como quem tem de cor uma certa melodia, mas falando cantado. Começou muito baixo, depois subiu de tom, tornando a dizer, baixinho:

— Temos direito sobre os loucos e os solitários. Minhas irmãs me ensinavam. É a nossa lei.

E a voz, fininha, como um fio de cristal:

— Com os loucos temos comércio, de direito. Ninguém se fia em palavra de louco, ele não nos pode trair. Se contam os doidos nossos segredos...

E a voz subia, subia, como seta:

— Não há prejuízo para nós... Também as pessoas solitárias são nossas, de direito, porque não têm com quem desfazer o nosso mistério. E agora és nossa! És nossa!

Abracei mais e mais a meu filho, ameaçando:

— Tenho a Joãozinho e não sou louca. Arreda! Sai!

XLIII

Alguma coisa acontecera, sim, mas eu talvez pudesse ignorá-la, pudesse afastá-la. Murmurei entre os dentes: "Vade retro, vade retro, Satanás", e, ou exorcizada, ou excitada com a alegria dos bichos, a Dama Verde de súbito partiu, coleando-se às árvores, parecendo um grande e aprumado arbusto mágico que se movesse. Vi que o último veadinho saltava o riacho e percebi que ela me vira e me falava apenas num instante, melhor diria, menos que um instante, meu padre, que um instante é sempre tempo, e ali o tempo não havia passado. Compreendi como eram as horas da ilha. Dificilmente poderia contá-las com a ampulheta, se acaso a houvesse eu. Umas horas escapavam, morriam, sem dar conta de si, e havia coisas que se sucediam — todas num instante pesado de acontecimentos. Meu filho era leve em meus braços. Eu deixei a luz do dia e pensei: "Deita-o agora, come, pensa em ti, Margarida". Mas agarrava-me a ele como se me viesse da criança a proteção contra a boca escancarada do inferno, que eu sentia tão próxima. E andei, andei, andei, indo e voltando, no breve espaço da cabana. Quando era pequenina, ia e vinha com uma boneca de pano que Juliana fizera para mim e cantava uma canção que me ensinara um velho pescador na cozinha de casa. "Para trás, dragão da areia, para trás, alma penada, para trás, mulher sereia, que eu só quero minha amada."

    Juliana me amara quando eu era pequenina e cabia ainda em seu colo. Ela também cantara para mim. E eu, andando, andando pela cabana, cantava para enganar minha solidão: "Para trás, alma penada, para trás, mulher sereia...".

Juliana agora tinha sua parte de mistério com os espectros do mar. Seus cabelos eram cobrinhas... "Eu só quero minha amada!" Ai, João Maria só me queria a mim, e eu haveria de pôr esse pensamento na minha cabeça, até que ele brilhasse como a única estrela de uma noite escura.

Pensei. Agora o tempo já não tem valor. Eu posso possuir João Maria, ninguém o disputará comigo. Trago-o para esta cabana e viverei com ele, recomeçando o pensamento desde aquelas noites no navio, quando o seu desejo desenhava meu corpo, vestia-o de uma formosura que até a mim encantava. Ai, quando meu seio descobriu, da vez primeira, e disse: "A mulher é como a árvore e o fruto. Conhece-se aquela por este. Basta este redondinho fruto para que se saiba quem és tu. Sua voz — o termo de sua voz se perdeu em meu ouvido, mas não morreu: éramos o mar e a concha: ... quem és tu...".

Padre, perdoai, pois sei que agora estou atrevida.

E eu andando, e a cabana estalando já sob o sol.

Cometi o pecado do engano contra mim mesma tantas vezes na ilha! Ali me enganava, como se enganasse a Deus que em nossa consciência fala! Mas, sem dizer a terrível verdade, a última verdade medonha, saí chamada pela voz do precipício:

— Vinde, ah, vinde! — dizia ela, às vezes mais forte. Às vezes tentando, carinhosa: — Vinde!

Saí pelo dia rasgado e verdadeiro, onde cada pedra, cada fenda da terra estava encharcada de luz, lambida de luz. Meu filho era a boneca de pano que Juliana fizera. Tão quieto! Tão quieto! Por que chorar quando um ente se põe assim quietinho? Todos choram, mas eu — eu não choraria. O chá nem falta lhe fizera. Nada lhe fazia mais falta. Estava em repouso, e eu me agitava. Éramos um só. Ele em meus braços, tocando meus seios. Caminhei, caminhei com meu filhinho. Queria embriagar-me e me embriagava de cansaço. Cortavam pássaros sobre nós. E, num desvão de pedra, uma fera, talvez um enorme cão, espreitava. Não lhe tive medo. Cruzei o areal, e a carcaça da baleia era um navio arruinado — a visão da morte, o único monumento da ilha. Sim, aquela era a estátua que se deveria venerar. Posta ali em honra da morte, de quem somos todos. Confusamente, obrigava-me para o monte. Lá em cima, muito no alto — só muito no alto, a neve dormia pura e virginal. Lá em cima, muito no alto! Mas, quando principiei a subir, escureceu-me a vista. Eu caí ajoelhada, com Joãozinho nos braços. Caí, ainda protegendo meu filho, que dor nenhuma agora alcançaria! E, humildemente, aceitei minha condenação e expulsei os enganosos demônios de minha cabeça: "Tu o enterrarás, Margarida, bem no alto. Tu o farás. Tu és forte".

XLIV

Olhava minhas mãos. Havia terra ainda dentro das unhas. Estavam queimadas do gelo. Escuras, pisadas. Elas o haviam deitado no alto. Não viriam os animais desenterrá-lo, e por isso eu o pusera lá. À nevada altura não subiam os bichos. Ele, meu pequenino, lá ficara dormindo. Nem feras, que disputassem o cadaverzinho, nem os vermes da terra quente. A frieza, a inocência do manto branco! Assinalei a campa de Joãozinho entre duas pedras iguais. Era do lado do nascente, num lugar que parecia um nicho suspenso. Cortava o vento pelas paragens em que só Deus habitava.

Agora, olhava minhas mãos que haviam resguardado o corpo de meu filho contra os animais famintos, contra os bichos que o verão, na planície, fazia sair das fendas da terra.

Via minhas mãos e me pareciam as de uma desconhecida. Súbito, talvez por olhá-las demasiado, surpreendi à volta dos dedos um luarzinho azulado. Veio-me curta embriaguez. Senti, embora mergulhada naquele enleio, que devia reagir. Tambores batiam em meus ouvidos. O frio me vinha das pernas à cabeça. Fiz um esforço terrível. "Eu quero... eu quero... eu quero..." E acordei livre da tonteira. Ergui medrosa a mão, perto dos olhos. O luarzinho havia desaparecido.

Acendi o fogo, pois acordara faminta, e cozinhei o caldo. Tomei a sopa aos grandes goles, com prazer. Depois, do canto de Juliana, tirei a pele de veado sobre a qual a aia se deitara. Rasguei-a e me fiz embrulhos para os pés. Levei as tiras até os joelhos. Cuidava de mim, e me vinha uma espécie de consolo. Agora meu coração estava destruído.

Pela tarde fui aos cochos. Só uma parte da carne apodrecera. Eu a atirei ao mar. Deitei-me sobre a rocha, mas logo senti o calor do sol. Não ouvia o chamado misterioso. Eu entregara de mim... Que entregara eu? Largavam-me. Já nada queriam de mim.

À noitinha, sentava-me à frente da cabana. Comia a carne sem cozinhá-la. E a mesma fera, que parecia um cão peludo, surgiu, como se viesse de trás da cabana. Postou-se, desviada, sentada nas patas traseiras. Os pássaros revoavam, passavam por minha cabeça. Senti que um pousava no meu ombro. Deixei ficar.

A fera continuava a me olhar.

Com o movimento que depois fiz, foi-se a ave.

O feio animal fitava-me. Atirei-lhe um pedaço de carne. Não a abocanhou. Mostrou-me seus dentes, arregaçando os beiços. E havia semelhança de riso humano em sua cara.

Com a morte de Joãozinho, a ilha me revelou seu último segredo. Tornei-me de sua natureza. Antes havia uma divisa entre nós e os bichos. Agora já nada havia. As aves de Deus me tomavam como uma árvore movente, e aquela fera não me queria atacar. Talvez quisesse companhia. Eu podia matá-la. Mas não tive desejos de comer sua carne. Já estava farta. Havia deixado a porta aberta. O cão — era cão ou hiena? — esgueirou-se e entrou, sem que eu o impedisse. Desejei que me tocassem os pássaros. Mas eles já iam dormir.

Na cabana vi a fera encolhida no meu leito e não a expulsei. Deitei-me no canto que João Maria ocupara, esperando. A noite foi de ventania raivosa.

Coçava-se o bicho. Quando o mirava, ele sempre estava lá, acordado, bulindo, lambendo-se ou coçando-se.

A cabana era sacudida, e os furiosos assaltos do vento não me atemorizavam. Dormi muito tarde. E, ao despertar, vi que eles estavam lá...

XLV

Tanto mais avança minha história, quanto mais difícil, meu padre, se torna contá-la. Disse que eles estavam lá. O Cabeleira fitava-me, colérico, por cima de meu leito. Sua enorme face de girassol tremia, palpitava, era bandeira ao vento, ou melhor, parecia a imagem de uma flâmula que a água reproduzisse, incerta, com reflexos brilhantes. Já a Dama Verde, mais longe, juntava as mãos atrás do corpo e com o pé traçava voltas no chão, alheia à cólera do Cabeleira, distraída talvez de mim. Simplesmente esperava ela qualquer coisa.

— Sempre foges! — disse o Cabeleira. Sua voz imitava o choque estridente do metal. — Sempre foges de mim e me expulsas de ti.

E a Dama Verde, ainda traçando voltas com o pé, mas com indiferença fingida, eu bem via agora:

— Tu nos pertences por lei!

Não tinha eu medo algum naquele momento. Solicitada por aqueles espíritos, ou demônios, sentia-me dona de fazer ou não um favor. Isso me punha em superioridade.

A Dama agora saía do seu canto, alisava carinhosa as palhas do berço e largava uma tênue cantiga pelo nevoeiro.

Violento, o Cabeleira baixou sua horrenda face:

— Podemos destruir tua cabana!

Ai, essa ameaça não me punha assustada. Valem muito as casas. Porém valem mais as criaturas de Deus.

A Dama Verde parou de cantarolar e veio, passando a mão pelas traves, sinuosa, esgueirando-se tal uma gata para perto de mim:

— Por que tu não o vais buscar? Aqui tudo apodrece, mas lá no alto ele está perfeito e lindo. Tu o tirarias de lá... com cuidado. Trarias teu filho para a cabana. É a tua carne, apenas imóvel.

— Já se passaram muitos dias! — disse eu, num gemido.

— Dias, só?

O Cabeleira era quem falava e ria, bestialmente.

— Não importa — disse a Dama Verde. — Ele está tão lindo e perfeito, eu te digo, como quando o deixaste lá. Lembra-te! Tuas mãos quase morreram geladas. Deita-o na cesta. E finge que ele está vivo. Cuidado terás, para não quebrares as suas pestanas geladas e para que seus cabelos não se rompam, como roupa largada fora em noite de inverno.

Eu cobri o rosto com as mãos. E a Dama prosseguiu:

— Nós te ajudaremos. Ganharás tanta força que andarás pela ilha, subirás o morro, leve, mal tocando o chão!

— Senhora Margarida, protegei-me, expulsai estes demônios... — carpi, quase sem forças.

Sabia bem afligir a Dama Verde!

O Cabeleira sentiu que havia chegado o momento. Sua gana de mim era tão grande que eu percebia seu desejo, quase um violento desejo de homem; e aquilo parecia até indecente.

— Deixa-me possuir-te. Entrega-te.

A Dama Verde acrescentou:

— Será melhor. Já que não sabes fingir mais que ele está vivo. Eu te explico... — E sua voz começou a subir, em cantilena: — Eu te explico. Entregando-te, não sofrerás mais. Bem conheces como te possuíram os homens. Naqueles instantes te esqueceste de ti mesma. Mas um homem te possuirá com brevidade, por mais força que tenha. E nós...

O Cabeleira já sorria, mudava de cor. Sua luz se fazia doce, prateada, na obscuridade da cabana, e disse, então:

— Eu te darei um esquecimento maior que o bom esquecimento de amor. Deixa-me habitar-te!

E ele crescia para mim.

— Para... que... me queres?

A pergunta rompeu baixinho, em minha boca, porém eles a entenderam:

— É de nosso direito tomar posse de corpos desgovernados. Os loucos e os solitários se desgovernam.

Já o Cabeleira dizia:

— Será bom... também para teu sossego. Não sentirás nada, senão... — Do nevoeirozinho subia um riso que se despejava como água entornando. — ... senão um cansaço um pouco maior do que o de uma noite de amor.

— E tu? — perguntei. — Que sentirás?

Foi a Dama Verde quem respondeu, intrometendo-se, assanhada, já sem nenhum disfarce, agoniada de pressa e interesse:

— Um prazer que jamais deste a nenhum homem. Porque... ai que bem sei do amor humano... Por melhor que seja aquele momento em que parece que se acaba o mundo, é preciso não esquecer: são dois que se querem num. E depois há o desgosto! Porém, quando um espírito possui um corpo, a união tem seu gozo prolongado.

O Cabeleira foi baixando, baixando mais e mais. Voltei-me amolecida, para o lado. Não via a Dama Verde, mas a enorme fera se punha junto de mim, e seus afiados dentes, alvos dentes, foram a última lembrança que tive, antes que me empolgasse uma ebriedade gostosa. Depois, vi-me confusamente resplandecer no escuro.

XLVI

Da minha derradeira abjeção foi aquela primeira posse o começo. Corri envergonhada para a cabana. O próprio Deus se deveria espantar comigo!

Perdoai-me, padre! Tende bondade e ânimo para ouvir até o fim — a esta pobre pecadora. Sabereis como voltei, depois de habitada pelo espírito ou pelo demônio. Tomei consciência de mim mesma quando esmagava, infinitamente deliciada, implumes aves em seu ninho!

Mas, última das perdidas, tão amolentada de corpo, como se houvera sido de muitos homens, logo que melhorei do profundo cansaço, se foi criando em mim um desejo. E esse era o mais repugnante dos desejos humanos. Mais baixo ainda do que qualquer vício atroz. A desgraçada, que por vez primeira pecou, terá mais valor se não recair em pecado que a inocente. Eu houvera experimentado o gozo do esquecimento — mais completo ainda, mais atordoante que o que nos dá o vinho. Teria de ter coragem para de mim afastar a tentação.

Agora, rolava minha cabeça sobre a longa pele de urso. Estava eu só. As coisas, paradas. A cesta, em seu canto. E as lembranças doíam. Principalmente, sofria eu por Juliana. E a dúvida afinal — a trágica medidora — balançou-me pelo ar: "Culpada? Juliana? Inocente?".

Tive ódio de mim mesma.

"Culpada. Culpada, mil vezes! Por isso morreu. Matou-se depois de trair, como Judas."

Meu corpo todo doía. Aliviei-me das grossas ataduras. As pernas estavam marcadas de roxo, e um dedo do pé esquerdo vertia sangue. Não tive coragem de curar-me com sal. Não sentia fome. Ao contrário. Passava a mão acima da cintura, porque me sentia enfartada de comer. No entanto, não havia comido, pensava. Que fizera de meu corpo o Cabeleira? Tinha arranhões nos braços e nas mãos.

Maciamente, escorreguei sobre a pele, que me deu um engano de carinho. E o vi junto ao Filho, espiando de banda, com ar assustado:

— És tu, Barriga de Peixe?

— Sim, sou eu, Filho. Por que perguntas?

Encostou-se ele afetuosamente, como um gato:

— Pois agora... já é difícil saber. Tua aparência não mudou quando... ele te possuiu. — Filho estava feliz e continuou: — Tive medo de que ele não te largasse mais.

Mexi com as pernas doloridas, troquei de posição:

— E isso te importaria?

— Decerto. Iludido por tua aparência, me poderias devorar, quero dizer, ele me poderia devorar.

As batidas do coração se precipitaram:

— Que fiz eu? Que fez ele... do meu corpo?

— Não te ficou lembrança? És fraca mesmo! O Cabeleira... — e Filho cuspiu o nome, com rapidez — tanto te soube habitar! É preciso reconhecer que nem sempre os espíritos sabem fruir inteiramente de um corpo. São fracos, não tomam posse por inteiro. Quer dizer... — e Filho parecia uma sábia e velha parteira intrigante, ansiosa por descobertas — que... ele sempre tem a sua força.

— Dize-me — implorei. — Viste o que eu fiz?

— O que ele fez? Não vi.

Fechei os olhos, suspirei. E a lebre largou ao ar seu troc--troc. Súbito, interrompeu seu mastigar:

— Meteram-se as lebres em suas tocas. Eu também, naturalmente; é preciso que não te esqueças de que sou uma lebre como as outras. Correu o pavor pela ilha!

— Deus meu! — Quase chorei; e pedi: — Conta-me o que houve.

— Soube por Polo! Ele te seguiu, isto é, acompanhou, de cima... — E a lebre deu saltos pela cabana, voltando: — Sabes que já não tens mais alimento? Nem frutas, nem raízes, nem carne?

— E que m'importa? Conta-me.

— Não te importas porque ele comeu por ti, mas breve terás fome. Polo viu como abocanhavas... sempre erro... como ele abocanhava furiosamente os pássaros vivos que alcançava. E o viu sangrar uma veadinha e beber seu sangue. E derrubar plantas!

— Se estavas escondido, isso tudo é falso. Enganaram-te.

— É assim que me tratas? Tu a quem visito e que não tens nem um fruto seco para oferecer-me? Já te disse que Polo... te seguiu. Que Polo seguiu... o... aquele... tu sabes, tu sabes. Mas és mesmo ignorante? A esse ponto?

— Por quê, Filho?

— Pois então não haveria ele de experimentar teu corpo? Decerto que comeu, buscando esse gozo. E cheirou, e provou tudo, e tirou todos os prazeres que lhe poderias dar. Não admira que te tenha posto em tal estado.

— Filho, se não vens pela comida, e sim por amizade, responde-me: tens pena do que me acontece?

A lebre meditou. Baixou as longas orelhas. Depois, firme:

— Não. Não tenho.

— E por quê... por quê... Filho?

— Reages menos que uma lebre arisca ao macho. Desconfio de que gostas...

Filho se foi.

Arrastei-me para a frente da cabana. O riacho era mais claro que o céu, era brilhante, na terra já escura. Invisíveis, os seres palpitavam. Um confuso tropel subia das moitas; as árvores eram pojadas de vidas, como mulheres grávidas. E lá no alto do monte havia um capucho branco, de um branco tão distante e perdido de mim, como a alma que eu tivera. Cruzei meus braços sobre mim mesma. Fiquei esperando, esperando, recaindo em desprezível desejo. A mulher de má vida, na cidade, à beira de sua casa infame, não teria sua tenção pior que a minha.

XLVII

Cumpriram-se dias, talvez semanas, e eu em solidão persistia, atormentada por lembranças. Pelas noites rangia a casa, empurrada pelos furiosos ventos vindos do mar. E todo o rumor me parecia anunciar a chegada dos meus espíritos. Porém, eles de mim se afastavam.

Procurei no trabalho — que me não faltava — o esquecimento. Com a rancorosa e desencadeada ventania, abalara-se uma parte da cabana; não aquela em que eu dormia. Quando a levantáramos, havíamos deixado de lado ali por perto umas sobras de madeira. Muitos paus estavam podres, porém havia com eles madeira tão rija que consegui uma boa trave, em perfeito estado. Arrastei-a para junto da casa, cavei um buraco. Entrava-me o suor pela boca; mas eu conhecia bem o seu gosto, tanto quanto o das lágrimas, desde que habitava a ilha. Arribei com a escora, encostei-a à cabana, prendi-a com as fortes fibras de cascas de árvores. Tocou-me amarrar também os paus que se queriam soltar e tapar com barro os buracos maiores.

Antes desse trabalho, houvera buscado mantimentos pelos cochos. Descobri o primeiro e percebi um confuso formigamento. Já se não podia ver a carne que os vermes devoravam. Arrepiei-me. Parecia que aqueles branquicentos e minúsculos seres subiam em meus braços e pernas. Sacudi as peles que me vestiam, venci minha repugnância e busquei os outros três cochos. Embora eu houvesse tido a precaução de deitar fora a carne estragada, todos eles abrigavam uma infinita população de vermes pretos ou brancos, ou cor de ferrugem e cinzentos, que recobriam inteiramente as provisões tão custosamente guardadas. Dali voltei com o estômago revolvido e corrida de arrepios.

Tivera, pois, que procurar o alimento. Vali-me logo de um tanto de raízes. Na planura dos veados, colhi frutos que se viam sobejos. Eram doces demais. Quis pescar. A agulha que Juliana fizera, de anzol, eu a achei sob a pedra que cobria nossos pequenos tesouros: minha cruz de ouro (eu a havia trazido dissimulada na roupa), que beijei depois de hesitar muito (os lábios meus, impuros, profanariam o sinal de Nosso Senhor?), e o saquinho de moedas. Abri-o, considerei aquelas rodinhas brilhantes que põem o mundo a correr. Haviam pago decerto as cortesãs, haviam correspondido ao trabalho, andaram disputadas no jogo — quem o saberia? —, foram esmola, foram ajuda, e bem e mal fizeram. Dormiam mortas. Seu valor, nenhum, menos que o da pedra que as cobria, que sempre tinha o seu peso, podia ser uma arma contra os bichos.

Não tinha nem paciência, nem habilidade para pescar, mas um milagre de peixes era nesse tempo a água que banhava a ilha. Assava o peixe sobre a brasa, na laje. Mas, embora pondo vontade em ter meu tempo tomado, faltava-me o gosto de servir a mim mesma. E, quando um dia punha a pedra a aquecer no braseiro, para amornar a água da sopa de raízes, eu me perguntei: "Para que isso?". Talvez cruas nem sejam de mau paladar. Não eram mesmo. Meu estado de abandono se alegrou com isso. Trinquei-as, pensando: "Agora que m'importa que se tenham os cochos cobertos de vermes imundos! Tenho comida no bom e no mau tempo. Não é esta nem boa, nem má. É alimento!".

Nesse dia, deitei-me mais cedo e dormi como se arrancassem a noite de minha vida. Depois, ainda não era bem a aurora, e eles me vieram ver. Antes mesmo de abrir os olhos, já eu os adivinhava. A Dama Verde examinava meu trabalho na cabana. Seus dedos corriam pelos grosseiros tampos de barro. O Cabeleira se debruçava cintilante, sobre mim, com um álgido luar. No centro da enorme roda, a luz escurecia, e a medonha imitação da face humana surgia com os olhos e a boca — sombra mais densa no clarão — caídos nos cantos, tal uma pintura escorrida. Seu filete de luz riscou, como uma serpentezinha de pálido fogo pela parede, e afinal se encolheu na corola radiante que era a sua cabeça.

Nada diziam eles, e eu, tensa, olhava para um e para outro.

Ao cabo de pesado tempo, a Dama se pôs a cantarolar. Começou fininho e baixo:

— Minhas irmãs correm os campos do país de França... e elas têm longos cabelos louros. São tão belas! Os homens com elas topam à entrada dos bosques, à beira dos rios, e morrem por suas belezas...

— Vai-te! Que pouco interesse me vem por esses duendes de além-mar — disse, palpitante.

A Dama Verde trotou pela cabana. Seus pés faziam o ruído dos cascos de um poldro:

— Tu o chamaste! Bem o senti, pela noite, muitas vezes! Só porque ele te provou o corpo, e tu o queres absorver... Mas vê como está saciado! Não te quer mais: agora és minha. Só tua cabeça...

— Vai-te, pérfida! — murmurei.

Ela entoou, em tom grave:

— Comigo, só te darei o impulso, a febre, a vontade. Mas poderás ver o que fazes. Na verdade, eu não te quero toda. Se fosses um homem... Ora, se fosses...

A vaga tentadora absorvia-me. Contudo, também para mim mesma, gritei:

— Eu te devolvo a Satanás, e te afasto, e te maldigo! Some-te!

Não desapareceu. Saiu, agarrada à parede até a porta. Sua fala, última fala, tênue como suspiro, ficou comigo:

— Tu chamarás.

Apagou-se o Cabeleira. Mas a sua risada, estrondando, tremia dentro da cabana, como uma solta corda de música.

XLVIII

Desejo de nada ser, desejo de morte. Eu me via no fundo duma cova, e os vermes brancos, pretos, cinzentos, negros, passeavam por meu corpo. Estava num caixão? Era eu a carne podre dos cochos que eles devoravam? Saí da cabana preferindo mil vezes matar-me a tornar àquela ansiedade desesperada do depravado desejo. Coberta de peles, avancei até o rochedo à beira do mar. A névoa se alastrava, rasteira, pela terra. Fazia frio.

Aqui não me tentariam os malignos espíritos. Estava como numa praça, e havia vozerio de homens, ruídos de carros, um falatório enorme que vinha das águas. Para elas olhei longamente. Ferviam de peixe. Devia ser peixe miúdo. Adiante — brilho de espada no mar — um cardume de grandes peixes alegrava o dia, que despontava. Saltavam, riscavam. E, além, era a lenta mudança da alvorada, o milagre de sangue em luz, que se cumpria mais uma vez.

Tudo vivia em gratidão. Em todos, mesmo nos vermes. A vida era cheia de alegria. Em mim, castigo era. Morta a esperança, a maldade gastava-me a alma entorpecida.

Fiquei ao pé do mar um tempo impossível de medir. E as vozes das águas borravam a voz de minha alma perdida.

Quando o dia já era dia, ainda estava lá, varrida pelos ventos, encharcada de sons, entregue ao tempo — assim talvez lembrando uma figura de fazer medo, pendurada no meio dos campos, para afugentar os pássaros. E o mar era todo espumante, revolto de vidas. No fim — o céu perfeito, que começava na linha reta, igual, desesperadamente certa...

Não... certa, não. Acolá, uma breve mancha negra. Nunca havia reparado. Muito longe! Uma ilhota? Devia forçosamente ser. Pois... Mas como houvera ela escapado de meus olhos que cobriam todas as águas da ilha?

Fanfarras eram agora as vozes do mar. Fanfarras de um exército glorioso, que marchava entre gritos de alegria. E aumentava de esplendor a marcha guerreira...

É um barco, disse-me afinal.

Tremi da cabeça aos pés. Quis andar. Estava unida ao rochedo. Por fim, sacudi-me. "Não tens medo de espíritos e receias os humanos? Toca a fazer fogo, Margarida, ainda que medo lhes ponha a ilha. Se há abundância de suspeitosos, há crentes demasiados, que se aventuram no mundo. Toca a alumiar a fogueira!"

Juntei lenha, tirei o fogo das pedras, mas havia muita rama ainda verde, que demorava a atear. Algum tempo levou até que eu fizesse pegar o fogo: primeiro tomou os galhos mais baixos e protegidos, onde ateei em muitos lugares. Logo, uma língua só de fogo saltou para o ar, dançando ao vento. Os poucos galhos verdes largavam um fumo negro e espesso, que subia como um novelo escuro. Que bom fumo tão preto, de encontro ao céu lavado e brilhante!

Agora, de costas para a fogueira, olhava para o ponto negro, na orla do mar. Aguardava vê-lo mover-se. Aquela fumarada seria vista, não havia dúvida! Dava longas passadas, cravando o olhar naquele longínquo borrão sobre as águas. Mas ele continuava imóvel. Nem sei quantas vezes deitei lenha e folhas secas à fogueira. Esfregava os olhos ardidos, e eles abarcavam faminados a pouca negrura distante. Sempre, sempre parado! O dia foi crescendo, tive fome, busquei às pressas os frutos no campo, voltei, bebi água no lago, sentei-me sobre as rochas quentes de sol. Já a claridade vinha para meu rosto, mas eu, penosa, varava a luz e buscava sinal de vida naquela mancha no mar. Nada, sempre, nada! A fogueira baixava... E o ponto negro era ali, invariável. Levou muito tempo para que eu me convencesse. Acostumara-me a crer nas coisas que meu coração inventava. Todas as minhas dores, eu as adiava, meu padre, num fingimento insensato com minha própria consciência. O barco... era uma ilhota, um rochedo no mar! Como não o vira antes? Não sabia. Mas ali estava ele fixo, o negror sobre o oceano. E a fogueira morria — essa como as outras que ateara João Maria, tal derradeira reza desprezada por Deus.

XLIX

Alcancei que aquela esperança nada fizera de mim, senão avivar para um sofrimento maior o meu cansado coração. Animais e feras e seres humanos buscam sua guarida quando a dor os alanceia. Buscava a cabana, mas bem sabia que nem lá teria meu aconchego. Ouvia dizer-me alto pragas e blasfêmias. Não chorava. Minha natureza se fizera demasiado dura. Raivosamente considerava meu engano e jurei largar minha alma ao desamparo, ainda que a torrente de espíritos malignos a arrastasse, como folha solta no vendaval. Nem mais em morrer pensava, que sempre é esta ideia um pensamento de reagir.

À entrada da cabana vi a lebre, que ia saindo.

— Filho!

A lebre parou, segurou a boca e me pôs uns olhos aflitos. Logo desapareceu, arrancando-se de lá em altos saltos.

Mergulhei no meio-escuro da casa. Deitei-me sobre a pele de urso. Assim iria vivendo eu comigo mesma, até que me prostrasse e por uma aurora o sol alcançasse meus despojos, que nenhum mortal enterraria. Pássaros viriam bicar-me. O vento levaria o mau cheiro. As tempestades arruinariam a casa. Algum tempo depois, os matinhos cresceriam sobre os escombros.

Nesta noite, a Dama Verde se fez de piedosa:

— Nem te quero, nem te quer o Cabeleira, anda cansado de ti.

E ondulava a Dama; e seu vulto dançava ao compasso de seu discurso cantado:

— Por que foges de ti mesma? Não é de mim... nem do Cabeleira... Será, então, medo de ti própria. Tens as mãos vazias e sofres como as árvores que já não abrigam ninhos em seus galhos. À noite as desgraçadas se queixam, mas quem se importa, quem se importa? — E a Dama Verde carpia, igual a um riacho bondoso que estende o seu filete limpo. — O teu ninho está vazio! — Os seus dedos alisaram com meiguice as palhinhas. — Eu te darei forças para... buscá-lo. Quanto anseio eu por ele! Nunca a ilha possuiu um animalzinho tão lindo. Tu o trarás para cá...

Eu a chupava com os olhos. Após, dela despregava a vista e a punha ao canto de Juliana. A fera ali se havia sentado, e os dentes saltavam brancos, brilhantes, quase transparentes, para fora dos beiços moles.

Olhando o enorme cão, ouvia a Dama:

— Tu o trarás e o deitarás em seu leito de palhas. Terás ciência, lidando com ele, pelo espaço de uma noite. Na fresca, ele ficará puro e lindo. Depois tu o darás à terra gelada novamente.

Suas mãos se elevaram suplicantes. Um raio de luz as destacava na obscuridade, como lâmpadas votivas. Esfacelaram-se, anularam-se, após. E sua fala era já provocadora, como a de um rapazinho:

— Quem te impede? De quem foges? Por que não te dás... este gosto? Ai... que bom seria se ele aqui estivesse...

*

Era eu mesma? Estaria ela comigo? Dava eu passadas enormes, e os pés apenas tocavam a terra. Não sentia nem frio, nem calor. As árvores cresciam para mim e de banda se punham; os mochos riscavam por minha vista. Avançava, e além, no areal, uma baixa correnteza de vento levantava um delírio de coisas e de seres. Não era noite de luar, mas era clara. Saltando leve como uma pluma, eu me aproximei da voragem. No centro, dela, sobre uma pedra, a mesma fera e crescida; seus pelos maiores, seus dentes aumentados, dominando a torrente que girava com violência, como um senhor entre servos. Acima das formas vagas, dos cornos, das cabeças horrendas, das longas formas brancas, havia um rodopiar de morcegos. Fiz parte da roda, nela caí e me esvaí, até quando me despejaram pelo areal afora, como atirada pela própria força daquela cadeia.

*

Corriam as lebres por meu caminho. Meus pés não as esmagavam, e os vermelhos olhos de desconhecidos animais alumiavam seus corpos meio escondidos.

Uma ave pousou em meu ombro. Seu forte cheiro me entrava, seu calor me tocava a face. Pesava em meu corpo, mas, quando a subida se aprumava, traçou ela as penas por meu rosto e se adiantou de mim, no alto.

Passavam espinheiros. Era a terra, era a pedra? Subia eu com violência, e já embaixo palpitavam formas, como lençóis. Grotas, sebes, pinheiros, povoados de seres, e seus apelos me chegavam. Agora, já era a força do vento que me empurrava. Um galho roçou por mim, meu rosto se fez úmido. Seria sumo de fruto? Seria sangue... seria?

Padre! Criaturas malditas — contam as lendas — correm cidades e campos numa só noite. A penosa subida, eu a fiz, sem esforço. O vento das alturas já encharcava meus duros cabelos, e em torno do monte voavam, lentamente, grandes trapos brancos. Cheguei às últimas arvorezinhas, às tortas e humildes, fracas árvores, antes do gelo. Subi mais. Quem me guiara no enredo, quem me pusera lá? O monte pendia; seu cabeço estava sobre mim.

Era ali naquele nicho! Senti a primeira pedra coberta de escassa neve — e logo a outra. Então, besta, fera, cavei raivosamente, com fúria, prazenteira, louca em frenesi.

L

Cavei furiosa. Não sentia minhas mãos. Eram instrumentos, pedaços de ferro ou de madeira. E o arranquei de lá, faminta como uma loba no inverno, quando a alva rompia.

Sobre a pedra coberta por pequena camada de neve eu me sentei, carregando-o em meu colo. Ouvia-me respirar alto, e o sangue passava como torrente impetuosa, estrondando em meus ouvidos. Vinha o menino todo atado em peles — sua mortalha. Em agoniada pressa as tirei, uma a uma. Por fim, tive-o em meus braços, em sua própria figura.

Estava inteirinho, sim. Mas já não era um anjo. Era uma posta pálida de carne, carne, só carne enrijecida, vil carne. Seus braços, ao desapertá-lo, ficaram um do outro separados, cheios e duros como coxas de aves. Seus punhos fechados. O cabelo era uma só pasta escura. E as faces pareciam de massa branca. As pestanas, perfeitas, caíam sobre a brancura esverdeada das olheiras. Despertei-me a mim mesma; saí da minha fúria com o grito que lancei e se perdeu, ecoando, pelos vales.

Vi, bem junto, desenhado de encontro à nevada parede de pedra, o enorme e peludo cão que me mostrava seus alvos dentes aguçados.

Implorei, como quem se está afogando:

— Acudi-me, Santa Margarida!

A fera não rosnava nem atacava. Mas sua peluda negrura era medonha ali. Por um instante, imaginei que ela viesse disputar comigo pelo cadáver de meu filho.

Ponderei comigo mesma, depois, que aquela era de uma espécie pior que as feras conhecidas. Não era a carne que a atiçava, não devia ser!

    E agora minhas mãos eram sangrentas, doíam e me faltavam quando, justamente, eu o queria cobrir, dá-lo à terra donde viemos, à terra que só ela de direito pode envolver os mortos e de quem eu roubara os pobres despojos de Joãozinho. Que a dor que eu sentia, ao cobrir a campa de meu filhinho, ao derramar terra gelada sobre ele, fosse pequenina pena por meu crime de profanação! Mal eu havia, gemendo, terminado de alisar sua sepultura, quando o grande cão sobre ela se sentou, reto, soberbo, sempre de dentes à mostra.

    — Sai! — ordenei. — Sai!

    Ele ficou impassível. A aurora já o iluminava. Resplandecia ricamente o seu pelo negro, com orvalho gelado.

    — Sai! Sai! — gritei até doerem meus ouvidos.

    E a fera me olhava serena, fazendo aparecer seus dentes pontudos, afiados.

    Quis enxotá-lo, ao cão, de mil formas. Tirei depois uma pele que me cobria e a sacudi com força sobre ele. Nada. Houvera ele ficado de pedra.

    Atirei-me então sobre a fera, cega de ódio, dominada por nova fúria. Exalava sua boca um cheiro de podridão. Seus pelos cortavam. Uni-me a seu corpo, gritando, gritando, e rolamos juntas um grande tempo, enquanto um sórdido gozo experimentava eu, vindo de satisfeita sanha da raiva. Lutava eu contra... tal pensamento, minha cabeça se recusava a concluir. De súbito, vi-me só, na primeira paisagem além das neves, caída, extenuada, sangrando, ao pé de uma pequena árvore, sofrida e torta.

LI

Havia dormido. Já era manhã aberta. Um pio longo de ave cortou o ar. Agarrei-me à árvore. Suspendi-me. As peles de mim pendiam em rasgões. Eu avançava ébria de sofrimento, como um animal batido. Ia caindo, mais que andando. Às vezes me punha de borco sobre as moitas, outras pendurava-me a galhos baixos. Ia-me à garganta, como para saltar, o coração. Os cabelos voavam pelo rosto, tomavam-me a vista. Passei a mão para prendê-los; estava ainda suja, e eu mal podia ver, com a areia que pelos olhos me entravam. Arranquei um trapo de pele que me pendia e com ele esfreguei o rosto. Estranhava estar viva e participando dessa manhã! Lembrei-me da fera e ainda senti seu cheiro hediondo.

Fui rolando, descendo, com as pedras que se soltavam, redondas, e se adiantavam de mim, pois me segurava eu na queda, ora num tronco, ora num canto de rocha. Atirava-me aos matinhos, refrescando-me, até ter alívio, e me punha a descer. O sol estava no alto quando cheguei ao areal que fagulhava. Ia morta de sede e buscava a água mais próxima, a do lago; mas a ideia me vinha de que eu jamais a alcançaria! Que passos tão infinitamente pesados eram agora os meus... E... à noite? Mas teria sido eu mesma? Por fim alcancei a água bendita. Atirei-me, caí à margem, meti minha cabeça na boa frieza e tomei depois a água em grandes goles. Fiquei estirada ali mesmo, vencida de sono e de fraqueza. Dormi? Pude, então, levantar-me de novo, mancando. Impelia-me para o mar, com seu misterioso sinal negro.

Subitamente os vi. Desciam das rochas. Homens? Fantasmas? O que à frente avançava — era grande, gordo, escuro e levantava no ar uma arma, um aguilhão de ferro. Todos eles me punham olhos estranhos. Vinham os de trás para os lados do homem moreno. Assim eu os via, a todos. Pararam e me olhavam com estupor. Eu parara também. Queria dizer uma palavra... uma boa e verdadeira palavra humana. Dei um grito! Só um pesado e difícil grito! O homem grande e moreno elevou o pontiagudo ferro. Havia, a seu lado, um velho de barrete, que o segurou.

Então, o corpulento gritou:

— Bruxa da Ilha dos Demônios! Vai-te! Desaparece!

Eu não havia ainda encontrado a palavra... a palavra... Eles falavam minha língua, mas a palavra me fugia!

Um rapazinho, de alva camisa aberta, tinha uma pedra na mão. Vi que me atiraria, ele... Mas o velho diz qualquer coisa. E avança, cauteloso. Eu estava ali plantada, de pernas abertas, para manter o equilíbrio difícil. E o homem mais e mais se aproximou:

— Mulher, ou demônio, eu te conjuro... Dize quem és.

Atirei-me aos pés do velho, que recuou um pouco.

Ajoelhada, tracei lentamente o sinal da cruz.

*

Eram os homens pescadores da Bretanha, que ao largo da ilha estavam, havia dois dias, pescando. Viram eles a fogueira. Ao concluírem a abundante pesca, hesitaram em subir à Ilha dos Demônios.

Fizeram-me um interrogatório sem fim:

— Que fazes aqui? — perguntou o homenzarrão, logo que mais familiarizados ficamos; eu com a visão deles, eles com a minha rude aparência.

— Deixou-me, ao meu marido e à minha aia, aqui, o Senhor de Roberval...

— Quem é ele? — perguntou o rapazinho.

E o velho respondeu por mim:

— Não te alcançou a fama de Roberval? O louco gentil homem com quem o rei esbanja dinheiro, na esperança de que ele descubra montanhas de ouro e diamantes nas terras novas?

O colosso moreno tinha a orelha direita partida em duas bandas soltas:

— Com que nos pagas tu? — perguntou-me.

E os outros riram a bom rir. Todavia, de quando em quando, miravam atentos para as sebes e as moitas.

Levei-os, trôpega, ainda sem forças, à cabana. E os pescadores se entreolhavam pasmos, a cada piar de pássaro.

— Onde estão teu marido e tua aia?

— Morreram!

Baixei a cabeça.

Impetuosamente, logo que cheguei à casa, estendi para o velho a bela espada de João Maria. Ele riu como uma criança. O arcabuz, dei-o ao brutamontes, não por simpatia, mas porque me fazia ainda medo. Dissimuladamente, colhi o saco de moedas de debaixo da pedra e o escondi no seio, enquanto os homens examinavam seus presentes.

— Qual é a tua graça? — perguntou um deles.

— Margarida... La Rocque.

— És parente de Roberval, então? — inquiriu o velho. E com voz emocionada: — Há quanto tempo vives só?

— Só? Não... Eu... Só de todo?... Não.

Os homens se espantaram. O rapazinho quis saber:

— Viste os demônios? É verdade que eles são os senhores desta ilha? — E abriu pasmadamente os olhos, levando os trêmulos dedos ao queixo, enquanto suspeitoso ouvia estalar a madeira da cabana. Mas o velho censurou sua pergunta.

— Diante de mim não se fala nos malditos, que temos carga para proteger! Vamo-nos. E quanto mais cedo, melhor! Eu te levarei, cristã.

Então assim seria? Era findo meu cativeiro? Por que me poupara Deus e não a João Maria? Eles me levariam! Seria eu de volta, como um troféu arrancado ao demônio. Por orgulho ou caridade me libertavam!

Um dos homens cheirou a pele de urso e a desprezou, atirando-a, numa careta, de lado. Outro tomou da cesta, precioso berço de Joãozinho:

— Levarei frutos aqui.

O pescador grande e moreno quis pôr fogo à cabana, para que os espíritos não morassem em seu abandono.

— Deixa-a! — pedi.

Ele deu de ombros e abandonou sua tenção.

Inquiriu-me, altivo, o velho:

— Podes andar? Segue-nos!

O rapazinho encostou-se a meu braço.

— Arrima-te, se quiseres.

Era o primeiro agrado, o primeiro carinho humano. Pus a mão em seu ombro. Ele queria saber:

— Não disseste quanto tempo ficaste aqui sozinha!

— Não me lembro mais! — respondi.

Os pescadores, com exceção do mocinho, foram à frente. Andavam calados, pisavam com cautela, voltavam-se para os lados. Sentiam em si decerto doloridas as palpitações costumeiras da ilha. Sustos davam o revoar de insetos, o terreno que às vezes fugia do pé, traiçoeiro, sob os matinhos. Um deles — o velho —, quando de certa árvore rebentou uma nuvem ruidosa de brancas voadoras, voltou o rosto especulativo para mim.

Antes da noite, a ilha era uma nação em festa. Saltavam os veados, e os pássaros azuis andavam em rasteiros voos. A terra era moça e forte, luzia nova em suas tenras ervas. Sentia-me escura e feia, e desleal, e indigna; toda em andrajos, apoiada ao menino.

"Não creio, não creio... Amanhã despertarei na cabana, não pode ser verdade!", dizia-me. Mas — era verdade. Eu largava a ilha, despia-a de minha vida atroz.

Já desciam os homens o rochedo... Eu ficara ainda em atraso, com o rapazinho. Penosamente, por ele ajudada, dolorida, desci pelas brenhas. "Aqui... Juliana... E lá embaixo... Que torvo pensar, Deus meu, ainda!"

Estavam todos no barco, que a água agitava. Ao largo, esperava o veleiro. O homem moreno gritou para o menino:

— Ajuda-me com a velha! Aproveita a onda...

— A velha morreu! — respondi, gritando, assustada.

Todos riram estranhamente. A vaga carregou a embarcação para o rochedo. Colheu-me o homem moreno, para dentro do barco, com a ajuda do rapazinho.

Os homens — dois deles — remavam vigorosamente. Fizera eu uma descoberta terrível. Estava velha! Mas que me importava? Era injustiça? Não me importava...

O barco contornou ainda o rochedo. E, sobre uma ponta, duas misteriosas e longas orelhas, parecendo de lebre, palpitavam. Os homens, excitados, dividiam entre eles mesmos a glória da escalada da ilha mais temível para os pescadores.

Logo nos aproximamos do sujo e negro veleiro. Quando eu nele me achei, o velho — que depois soube ser o dono — fez-me vestir roupas de homem, dizendo:

— Estás imoral com teus rasgões!

Custou ainda a sair o veleiro. Todo ele recendia a peixe.

Perguntavam ao velho pescador:

— Deitaremos ao mar os peixes miúdos, que se estragam depressa?

— Será melhor que se deixe para mais tarde a partida, pelos ventos ligeiros da noitinha? Está bem assim, vovô São Pedro, ou não está?

Era este o nome do velho, nome estranho, de homem do mar.

Ficamos os dois à proa. Arrimava-me eu ao mastro. Enquanto os homens vigiavam a carga e se punham ao trabalho, vovô São Pedro me considerou e disse, depois de cuspir:

— Agora, que de lá saímos, dize-me, Margarida La Rocque. Os diabos... — fez o sinal da cruz — moram na ilha?

Respondi, tremendo:

— Demônios ou maus espíritos... lá habitavam, sim.

— E tu, pobre cristã, então... tu viveste no inferno... sozinha com os demônios? Pois te levo eu... levo-te à terra abençoada, ao país da Bretanha. Mas... arreda! Que os homens vão abrir as velas.

Logo se encheram as remendadas velas por um vento vigoroso. Não vinha do mar. Vinha, parecia, de longe, lá da ilha batida pelo sol.

O velho estava emocionado. Nos portos da Bretanha ninguém acreditaria em sua aventura. Conhecera ele a ilha maldita!

— Vovô São Pedro — murmurei, chegando-me bem junto. — Toma este dinheiro por me teres salvado e me levares de volta.

— Esconde-o, mulher, que dele precisarás em terra e te arrependerás de tua generosidade.

Os homens vieram à amurada. Deslizava o veleiro!

Então começaram eles a gritar e a gesticular, e diziam, emocionados, uns para os outros:

— A ilha! A ilha está falando! Parece uma grande feira... Parece... Reboam as vozes, reboam!

Era como se nos trouxesse o vento as vozes de multidões numa cidade.

Vovô São Pedro bateu no meu ombro, como um homem a encorajar outro homem:

— Às vezes — disse-me, de olhos perdidos na ilha — eu cuido que não existam... nem demônios, nem espíritos, e isso com perdão de Deus Pai. Às vezes... penso que a solidão e o desespero criam os demônios e os fantasmas. Eles jamais habitam lugares cheios de povo!

Mas eu falava para mim mesma:

— Disseram-me... profetizaram-me... que eu iria em vida ao inferno. Cumpriu-se a profecia!

Sim, meu padre, bem se cumprira ela! Punha eu os olhos no brilho de um cabeço de monte, que se aprumava — torre de um castelo fantasma — sobre as perdidas águas, e pensava que, se Deus fez a eternidade também para o inferno, não foi por cólera justiceira, mas porque as almas do inferno levam em si o mal e eternamente o desejam.

 A ilha, grande mão diabólica, punha no mar um sinal, ainda um apelo, para mim. Não era para as águas à nossa frente que eu pendia, desgraçado resto humano.

 Numa aldeia longínqua, acaso encontraria eu a vaidosa donzela em cujas faces nem tocava o sol? Não — essa estava perdida, morta; a sua história feliz acontecera havia muitos, muitos anos.

 Rompera, distante da ilha, que se afundara já no mar, o canto dos pescadores.

 Julguei, em rápida visão, que uma gaivota passava sobre nós. Sim. Bem a via quedar-se para trás... Era a última mensagem, o adeus.

 Pela negra estrada das águas da noite, avançava o rotundo e pesado barco, lançando aos ventos do mundo seu intrépido cantar.

Uma carta para Dinah

São Paulo, 6 de dezembro de 2021.

Querida Dinah,
    Desculpe se me atrevo a escrever esta carta. De que outro modo poderia te falar, a não ser escrevendo? Foi desta maneira que a conheci, pela palavra escrita. Em especial, pela voz de Margarida La Rocque: *Ofereço-vos toda a minha lembrança*. Que oferta irrecusável, Dinah. Como não te sentir nessas palavras? Como não caminhar a seu lado nessa jornada da alma que é seu livro. Logo me vi sentado ao lado do padre naquele confessionário. Eu era o padre e era Margarida também. Como é possível sentir-se ao mesmo tempo na pele da personagem-narradora e no corpo do servo de Deus a ouvir as suas lembranças?
    Já faz algum tempo (não tanto tempo assim) que fiz a leitura do seu romance numa edição de 1977, publicada pela editora José Olympio, que adquiri num sebo. No texto de orelha do exemplar, li as seguintes palavras de José Lins do Rêgo: "Mistério e realidade se cruzam, se confundem, estremecem de uma poesia que nos esmaga". Preciso ler esse livro, pensei.
    Qual mágica poderosa você evocou ao escrever *Margarida La Rocque: a ilha dos demônios*? Não pude abandoná-lo,

nem mesmo quando me deitava para dormir. As personagens vinham me visitar em sonhos, dormiam comigo e me espreitavam atrás das portas, dentro dos armários e gavetas do meu inconsciente.

Imagino que seja improvável sair ileso de sua leitura. Eu não saí. O fato é que comecei a amar os demônios de sua ilha, as sombras de dentro e de fora, os fantasmas, as criaturas. Assim como Margarida, também fui tomado pela paixão. Ouvi você dizer em uma entrevista que "toda vez que uma pessoa se apaixona, ela se torna quase um demônio". Foi nisso que me tornei ao ler o seu livro, Dinah: um leitor apaixonado, quase um demônio. E ter me transformado num quase demônio, ao contrário do que possa parecer, me deu coragem para olhar para a minha própria sombra, para o meu inferno particular.

Seu livro, Dinah, como disse Ítalo Calvino a respeito dos clássicos, é daqueles que "nunca terminou de dizer o que tinha para dizer". Sim, não há dúvidas de que seu romance é um clássico. Esse é o seu lugar. Numa entrevista a Clarice Lispector, você comentou que "todo escritor é como um náufrago que encerra o bilhete na garrafa e atira às ondas. Muita vez, essa mensagem se perde". O caso do *Margarida La Rocque* é que ele se encontrou com muitos leitores na época de sua primeira publicação, depois a garrafa ficou à deriva no oceano. Poucos a encontraram. Mas, como ele *nunca terminou de dizer o que tinha para dizer*, a garrafa que estava à deriva em alto-mar penetrou numa corrente marítima e voltou às praias brasileiras. Desse modo, a mensagem dentro da garrafa poderá ser lida novamente.

Desculpe-me se embaralho assuntos, ideias e percepções, mas é que seu romance me deu refúgio e, dentro dele, me entreguei a uma tal liberdade que pude me perder e me achar. A ilha em que Margarida, Juliana e João Maria se descobrem, se revelam, se encontram e se desencontram, eu também estive lá e tive febres e delírios ao virar de cada página. Desci aos infernos com Margarida, fui atormentado pela lebre Filho, pela Dama Verde, pelo Cabeleira. Fui pego pelo corpo, em especial pelas sensações. A leitura não se deu racionalmente, como diria o poeta Alberto Caieiro: "[...] meus pensamentos são todos sensações/ Penso com os olhos e com os ouvidos/ E com as mãos e com os pés/ E com o nariz e com a boca". Foi assim que me senti: tomado por suas palavras.

Estive na ilha dos demônios, nesse centro espiritual. Ilha desconhecida, imaginária, habitada por fantasias soturnas, criaturas estranhas e tentações. Essa ilha-imagem a revelar os mistérios e as intimidades da mente humana.

Não posso deixar de dizer, Dinah, que me encanta seu processo como escritora, a diversidade de temas e gêneros, a autenticidade em não ceder a nenhum modismo de sua época, a entrega plena à produção literária. Com igual desenvoltura você escreveu romances históricos, realistas, crônicas, contos de ficção científica, literatura infantojuvenil, enfim. Por esse motivo, talvez, você tenha desnorteado alguns críticos e teóricos, sedentos de escolas e classificações, que ficaram sem saber em que grupo inserir o seu nome. Você, para mim, é uma navegante livre da literatura brasileira — e também por isso a admiro.

Se posso humildemente segredar, me percebo filiado ao teu fazer como criadora. Confesso que demorei a encontrar a sua literatura. Por ignorância minha, mas também pela obtusidade da nossa história literária, que falhou ao não lhe dar o espaço merecido. Mas não é sobre isso que quero te falar.

A verdade é que ter encontrado o seu romance me deu alento não apenas como leitor, mas também como escritor. A atmosfera do fantástico, do gótico, da aventura, o lirismo, o delírio, todas essas características que encontrei em seu romance me são caras. Tenho maior predileção pelas narrativas que vibram na frequência do imaginário fantástico do que pelas narrativas realistas/naturalistas. E o que muito me interessou foi a valorização que você deu à trama, ao enredo, sem perder de vista o apuro da linguagem e o aprofundamento psicológico das personagens. O que eu quero dizer é que você privilegiou contar uma boa história, o que me seduziu desde o começo da leitura. Até mesmo na escolha que fez ao colocar Margarida narrando suas lembranças ao padre (ouvinte), você incluiu o leitor que segue, virando as páginas, posicionado ao lado ou mesmo junto ao padre. Você dá ao leitor grande importância, o convoca, e, como uma contadora de histórias ao redor de uma fogueira, narra as desventuras de Margarida La Rocque.

Dinah, sei que não receberei resposta para esta carta. E não preciso. Tudo o que você tinha para me dizer encontrei em seu romance e nas poucas entrevistas a que tive acesso. Eu me sinto tão próximo a você que bem gostaria de ter sido seu amigo, desejo que, para mim, é um termômetro de boa literatura. Significa que o livro se fez íntimo, foi generoso, me entregou a sua história, e vivi a seu lado como só um bom amigo pode viver.

Seu livro, Dinah, segue dentro de mim e ainda não me disse tudo. Relê-lo será sempre como desbravar um novo mundo. Pela grandeza dessa experiência, te agradeço.

Com profunda admiração,
Marcelo

Marcelo Maluf é escritor e professor de criação literária. É autor de livros para crianças e jovens e do romance adulto *A imensidão íntima dos carneiros*, vencedor do Prêmio São Paulo de Literatura em 2016.

Sobre a autora

Dinah Silveira de Queiroz nasceu em 1911, na cidade de São Paulo, em uma família profundamente dedicada às letras: filha de Alarico Silveira, advogado, político e autor da *Enciclopédia Brasileira*; sobrinha de Valdomiro Silveira, um dos fundadores da literatura regional brasileira, e de Agenor Silveira, poeta e filólogo; irmã de Helena Silveira, contista, cronista e romancista, e do embaixador Alarico Silveira Junior; e prima do contista e teatrólogo Miroel Silveira, da novelista Isa Silveira Leal, do tradutor Breno Silveira, do poeta Cid Silveira e do editor Ênio Silveira.

Floradas na Serra é seu primeiro livro. Lançado em 1939, tem como personagem principal Elza, que viaja para Campos do Jordão para tratar-se de tuberculose, doença que na época tinha elevadas taxas de mortalidade no país, e se apaixona por Flávio, também em tratamento. Tornou-se de imediato um *best-seller* — a primeira edição esgotou-se em pouco mais de um mês. Após ser contemplado com o Prêmio António de Alcântara Machado, da Academia Paulista de Letras (1940), foi editado na Argentina e em Portugal. No Brasil, foi adaptado para o cinema em 1954, em filme estrelado por Cacilda Becker e Jardel Filho, e tornou-se um sucesso da cinematografia nacional.

Em 1941, publicou o volume de contos *A sereia verde*. Uma das histórias, intitulada "Pecado", foi traduzida para o inglês por Helen Caldwell e obteve o prêmio de melhor conto latino-americano, escolhido entre cento e cinquenta trabalhos de ficção.

Margarida La Rocque (1949) logo despertou a atenção de editores estrangeiros. A personagem que dá título ao livro confessa sua história a um padre: a trágica profecia que precedeu seu nascimento, a mocidade cercada de cuidados e mimos, o casamento, até chegar ao ponto central da trama — o período em que foi abandonada em uma ilha habitada por animais e seres estranhos. Foi vertido para o francês, com o título de *L'île aux démons* [A ilha dos demônios], e recebeu da escritora Colette o elogio *"Le meilleur démon de notre enfer!"* [O melhor demônio do nosso inferno]. Foi também lançado na Espanha e no Japão.

Dinah Silveira de Queiroz

Depois de ter sido apresentado em capítulos na revista *O Cruzeiro*, o romance *A muralha* é publicado integralmente em 1954. O livro, que homenageia a terra onde nasceu, foi outro *best-seller*. Recebeu a Medalha Imperatriz Leopoldina por seus méritos históricos, e, no ano de seu lançamento, a autora foi contemplada com o Prêmio Machado de Assis, da Academia Brasileira de Letras, pelo conjunto de sua obra. *A muralha* foi por várias vezes objeto de adaptação no rádio e na TV brasileiros e lançado em Portugal, no Japão, na Coreia do Sul, na Argentina, na Alemanha e nos Estados Unidos.

A obra de Dinah Silveira de Queiroz abrange romances, crônicas, contos, artigos e dramaturgia — e a ficção científica nacional teve na autora uma pioneira, uma vez que foi das primeiras escritoras a publicar dois livros de contos nesse gênero: *Eles herdarão a terra* (1960) e *Comba Malina* (1969).

Em 1980, Dinah Silveira de Queiroz tornou-se a segunda mulher eleita para a Academia Brasileira de Letras (a primeira havia sido Rachel de Queiroz). Faleceu dois anos depois, em 1982, aos 71 anos.

São também de sua autoria: *As aventuras do homem vegetal* (infantil, 1951), *O oitavo dia* (teatro, 1956), *As noites do Morro do Encanto* (contos, 1957), *Era uma vez uma princesa* (biografia, 1960), *Os invasores* (romance, 1965), *A princesa dos escravos* (biografia, 1966), *Verão dos infiéis* (romance, 1968), *Café da manhã* (crônicas, 1969), *Eu venho (Memorial do Cristo I,* 1974*), Eu, Jesus (Memorial do Cristo II,* 1977*), Baía de espuma* (infantil, 1979) e *Guida, caríssima Guida* (romance, 1981).

Sobre a concepção da capa

Assim como nos outros volumes da obra de Dinah Silveira de Queiroz, a inspiração de base para a arte foi o padrão *Toile de Jouy*, clássica estampa francesa com desenhos detalhados que retratam cenas burguesas ou marcos históricos.

Em *Margarida La Rocque*, o fato de a narrativa conter elementos do fantástico e uma atmosfera de terror psicológico nos arrastou pelos mares até uma terra estranha habitada por figuras mitológicas, tendo como referências a serpente marinha, a sereia e o *kraken* — desenhos comuns nas cartas náuticas dos antigos navegantes —, ainda que não sejam nominalmente citados na história.

A simbologia do universo feminino se faz presente na ilustração da personagem Dama Verde, inspirada na górgona, criatura cujo corpo é metade serpente e metade humana, que denota sensualidade e a ligação com os elementais. Acima do portal da ilha, vemos uma estátua de Lilith. Na constelação, os planetas escolhidos foram Netuno, pela ligação com a espiritualidade; Plutão, que representa a morte; e Vênus, ligada ao belo e à forma como amamos e nos relacionamos. A Lua, símbolo universal do feminino e da fertilidade, enriquece o conjunto de estrelas conhecido como "cabeleira de Berenice".

Na representação da protagonista, Margarida, as vestes contam sua trajetória: a origem burguesa foi se desfazendo camada por camada. No detalhe, percebemos que ela abandonou os sapatos que foram presente do marido e tinham as solas pintadas para que ele soubesse por onde ela andava.

Aspectos religiosos da trama estão em detalhes como o terço, a cruz, a maçã e a cobra entrelaçada, remetendo ao pecado original.

Flores narcóticas conhecidas como trombetas-de-anjo estão nas cenas e compõem o *pattern* interno. Essa bela espécie possui um alcaloide chamado escopolamina, conhecido também como "hálito do diabo", que provoca efeitos alucinógenos. Seria esse o elemento desencadeador dos diálogos entre Margarida e a lebre Filho?